戴云 ——

著

云见·际遇

你努力的样子
真的很美

团结出版社

图书在版编目（CIP）数据

云见·际遇 / 戴云著. -- 北京：团结出版社，
2019.11

ISBN 978-7-5126-7523-0

Ⅰ.①云… Ⅱ.①戴… Ⅲ.①散文集—中国—当代
Ⅳ.①I267

中国版本图书馆CIP数据核字(2019)第254961号

出　　版：团结出版社
　　　　　（北京市东城区东皇城根南街84号　邮编：100006）
电　　话：（010）65228880　65244790
网　　址：http://www.tjpress.com
E-mail：zb65244790@vip.163.com
经　　销：全国新华书店
印　　刷：炫彩（天津）印刷有限责任公司
装　　订：炫彩（天津）印刷有限责任公司
开　　本：165mm×235mm　16开
印　　张：13.25
字　　数：204千字
版　　次：2019年11月　第1版
印　　次：2019年11月　第1次印刷
书　　号：978-7-5126-7523-0
定　　价：58.00元

谨以此书献给拥有远大抱负，在创业路上共同奋斗的你们。

愿你我：生在地球中，活在热浪里。大海星辰，携手筑梦。

目 录

CHAPTER 1

春华篇

追云织锦，春之繁华
灵魂有香气，眼底有星河

CHAPTER 2

夏梦篇

生如傲兰，绚烂夏梦
因梦想而独立，因独立而理想

CHAPTER 3

秋实篇

岁月更替，花开秋实
自爱兼爱人，达观且自在

CHAPTER 4

冬藏篇

约守时光，暗香冬藏
漂亮可以夸张，美丽却是克制

CHAPTER 5

日夜篇

阴阳相赏，日夜流光
既有锋芒，又有善良

很多人，因惧怕失败而选择安逸，

更多人生，因放弃探寻而失意未来。

创业的征程，一定会狂风暴雨；

但壮美的人生，唯有奋斗者享有。

创业时，最难得，看春花堆锦绣，听鸟语弄笙簧。

奋斗过，才配得，唱一曲归来未晚，歌一调湖海茫茫。

追云织锦，春之繁华

灵魂有香气，眼底有星河

人生 T 台的初心，深怀所有的希冀

　　如果说创业后的每一次付出，都是与之前的幼稚决裂，那么创业前的每段经历，都是与曾经的青涩告别。从青涩走向成熟，无论如何，都从初心而前往。

　　创业前，我是名小学英语老师。在一所地区的小学里，开始了我告别学生时代后的第一站。至今，我仍清晰地记得，扮着淡淡的妆容，挂着羞涩的笑容，由年级主任领着走进教室的样子。几十双炯炯明亮的双眼齐刷刷地扫向我，还没等年级主任开口介绍，学生们都调皮地笑出了声。大概是从没见过这么年轻的老师吧，他们对我的好奇和我初上讲台的懵懂奇妙地混搭在一起，构建了一幅纯真的图案，预示了我与他们在一起的美好将来。

　　有句话说，一个人的善良里，藏着他的运气。在不可预知的未来，你所积攒的福报，往往会给你带来意外之喜。很幸运，我的第一份事业从教师起步，在教师的岗位上，我读懂了单纯为他人好的善良，也体会了善良不仅能厚遇他人，也能回报自身。

　　刚当老师，我就碰到了一名校园"小霸王"。这个孩子成绩不好且爱调皮捣蛋，家人也因为种种原因不常管他，于是，他就

在课堂上乃至学校里和同学打闹、横行无阻，闹到无以复加的时候，很多同学的家长直接找到年级主任，要求他的家长出面，让他转学或留级，总之不要再"危害"他的同学。他装作满不在乎，却在活动课大家都出去玩耍时，暗暗地躲在教室角落抹眼泪。这一切撞入我的眼里，也装进了我的心里。十一二岁的孩子，没有谁是自甘堕落的，我知道，他只是以稚嫩的眼光，用笨拙的方式，向不管他的父母撒气，如果作为他的老师，都不能在他最无助时扶他一把，以后的人生，他向谁释放善意？我找了个理由，放了学和他一起回家。也许好久没有得到关怀，不适应的他像个小牛犊一样表现得倔强又挣扎，我轻轻地整理了下他泥一把、渍一把的校服，笑着说，没事，老师就是想和你聊聊天。在轻柔的夏夜，慢慢地，他放下了与其说是愤怒不如说是矜持的戒备，开始和我诉说，他也想好好学习，可惜老师们都不相信他，他也想得到表扬，可是只有捣蛋才能得到注意……我发现，其实他跟别的同学一样，只是个没长大的男孩，渴望被关注、渴望被认可。得知他成绩落下很多，我就从我教的课目开始，帮他补习功课，给他深入浅出地讲个人品德与公民道德。有时特意牵着他的手，领着孩子们一起参观博物馆，渐渐地"小霸王"不再蛮霸，尽管还有些调皮，但他渐渐地在我一个小小的举动后改变了。

帮助他，不会给我的整体教学成效有显著增加，帮助他，只为一份单纯为他人好的善良。

　　从教初期心里觉得的这份善良，转变了我的气质，改变了我的气场，影响了我的事业观。如今，我手下的品牌店已经开遍了全国，仅 D 女郎品牌连锁就已经突破了 5000 多家，但事业做得再大，我都始终告诫自己，要待人善良，因为这使我无论在做品牌初期的艰难，还是品牌成长期的爬坡，都能收获周围人的善意，往后余生，唯有更加善良，才能撑得起数万姐妹对我的信任。因此，对于姐妹们希望我提供的帮助，我都力所能及地提供帮助，对于产品上下游渠道的需要，我都力所能及地给予支持。有人说，这是我感性的一面，但我更想说，这是我长期并将恒久坚守下去的初心，因为我相信，与人为善、向这个世界释放善意，施与者与受与者，总能得到一个好的结果。

在与孩子们的日常相处中，我读懂了管理的初心。半大的孩子，个个都个性率真、天性烂漫，指望他们像纪律部队一样遵章守纪并不可能。但要围绕教学目标达成一定的教学效果，又必须有明确的教学组织。为此我和孩子们约法三章，该玩的时候就尽情去玩，老师全力支持、全力参与，玩得好的甚至还有奖励，但学的时候也该好好去学，学不好的一定会有惩罚。我们彼此就像达成了契约，在各自擅长的领域彼此尊重、互不打扰，但范围明确，令行禁止。就这样，我既成了孩子们最爱戴的姐姐，也成了教学管理突出的区级优秀教师，孩子们的天性与成绩和谐共存。创办公司，管理体系逐渐庞杂后，我发现管理团队和管理学生并无本质的区别——将不同的个体围绕同一目标组建成一支高绩效的队伍，制度与考核仅仅是手段，尊重人、培育人和激励人才是本质和目标。为此，我在制定集团人事管理方向时，既保持对团队对员工的合理考核，也尊重团队和员工的主动活力。为了集团发展方向和品牌发展目标，我往往寸步不让，说一不二，严守战略与战术的界限，因为，相比"怎么做"，"做什么"重要得多，"做什么"对了，"怎么做"只是个时间问题，但"做什么"出了问题的话，只会越努力问题越大。

把好舵，走对路，这是我对公司、对员工、对姐妹们的责任。但方向和目标一旦定好，具体的研发环节、产品试制、渠道加盟、销售服务等等细节，又充分调动彼此的积极性，往往一个基层员工有了好的点子或针对产品本身的提醒和建议，管理层会积极采纳，并给予奖励。员工们笑称，我具有领袖的特质，就是领导者思考战略维度，执行者完成具体任务，双方通过相互沟通和尊重，对彼此的角色互相认可，对共同的利益达成一致，至于具体的处事，学会包容与放手，就会拥有一个完整的世界。

细细算起，我离开教师岗位，这个事业奋斗的1号位已经有数年之久了。当年的同事，有的早已在各自的人生中模糊不见，有的跟着我打拼天下，成了莫逆之交。但不管往后人生的际遇如何沉浮，初入校园那一抹葱葱的嫩绿，那一阵琅琅的书声，都不会随之淡忘。因为，那里有我的初心和对初心的坚守。

感恩匆匆那年里，际遇中的同事和学生们。

生之向往：米字路口的问答

一直深有同感于一句台词，"Age is just a state of mind，Only you are old when you surrender，when you give up"，出自系列电影《敢死队3》，翻译过来就是"年龄只是一种心态，只有你自己服输或者放弃，才算是变老了。"

这句话是男人们说的，但我认为更适用于女性。相比于传统女性，现代女性是一种独立的存在，开放更胜于保守——即便你已经40多岁，但拥有一颗改变命运藩篱的心，就还是年轻态；反之，即使你才20多岁，但已经祈求安逸、贪图安稳，甚至放弃现实所有的选择，裹步不前，那么，你已老态龙钟。这是最要命的衰老，远比身体肌肤的衰老更可怕。

庆幸的是，20多岁时，我就读懂了这一条。当时，我已经是区一级的优秀教师，上级教育部门和学校也有意竖我为青年骨干，往市级甚至更高级的方向培养。摆在我面前的，是一条看得见、摸得着，且泛着金光的未来。我也很喜欢教师这个岗位，天天和孩子们在一起，简单而快乐。但心中却总有一个声音在提醒自己：你才20多岁，还有无数条可能性在等着自己挖掘，难道就这样自己拦住自己，不去试试自己还有多大潜能吗？但我也犹豫，多少人为了一个教职挤破头，不就是因为教师职业工作稳定、受人尊敬吗？对于女孩子来说，现世安稳、岁月静好不是梦寐以求的吗？

三个巨大的问题像一局棋，在我脑海里剧烈博弈。必须承认，内心是理想的，现实却是骨感的。没有人不希望花好月圆、皆大欢喜，但这些只是浪漫电影、言情小说里的桥段，现实中的生活，处处都是对立面，无时无刻不要选择，关键路口更要抉择，舍去一些、放弃一些，才能得到一些、收获一些。选择了现世安稳，就要舍弃诗与远方；选择了逃离舒适，就要舍弃岁月静好，大多数女孩在平稳生活面前选择安逸，而我最终选择了"逃离"，渴求更加高级的美好。

彼时，国内女性市场正发生一场史无前例的消费变革。随着女性收入的不断增加及品质需求的逐步升级，海外代购热潮悄然涌起。我敏锐地发现，这里包含着商机，但规模还没形成，代购是一片广阔的蓝海。因为有英语的专长，还有对化妆品、美容品、护肤品等"美丽"产品的天赋和嗅觉，我很快确定了做海外代购的定位和范围：那就是成为女性变美事业的使者，这一决定坚持至今，成就了我如今的商业版图。

但回溯当时，把决定付诸实践的第一步就险些夭折。蓝海之所以被称为蓝海，就是密布暗礁。没有先行者的经验，只能靠自己的摸索。从与周边朋友沟通为他们带货，到渐渐扩大带货圈成为带货达人，再到成为整个朋友圈都认同的带货博主引领审美潮流，几乎每一步的拓展，都耗费了我极大的精力。那时，几乎每个周末一下班，就赶往机场，然后在星期一的破晓，才能赶回栖息的小屋。因此，我的业余时间，不是在赶飞机的路上，就是在挖掘更有价值的品牌，发现更好用的产品。有时，为了能让朋友圈的小伙伴们有更好的使用体验，即使同一类型、不同品牌的产品，在成分上有细微的区别，我都会逐一试验，等有了确定效果后，再向朋友圈推荐。虽然足迹遍布泰国、韩国、日本，但是无暇顾及路边的风景，心中所有的空间，都交给了让客户更美的愿景。

有人说，我的这段经历像网红"雪梨"，但我认为，除了销售模式，我们并不相似。如果非要找个性格特质神似的人，我愿意是"吕燕"。吕燕因为"超模"的身份而被人熟知，然而最初出身小县城、学历也不高的她，对外部世界完全懵懂无知，能支撑她的只有梦想，于是她靠着一个快译通、一张时间表、一张地铁线路图、一本自己的造型相集及一份浑不怕的勇气，开始了在异乡的闯荡。她的毫无畏惧抓住了伸来的机遇，她为《VOGUE》杂志拍摄照片，在众星云集的巴黎时尚圈崭露头角。接下来的事情众所周知，她参加世界超模大赛，一鸣惊人，夺得亚军，成为首个得到世界公认的中国超模。尽管她的独特五官，在那个时代备受争议，但头顶着世界超模的光环，她还是逐步登上了模特事业的巅峰。

现实的人，也许都觉得这些成绩足够她躺在功劳簿上，不用再奋力拼搏。但她偏不是那种"现实"的人，迎着所有人诧异的眼光，她跳出舒适区，开启了自己的设计师生涯，所有细节都要亲力亲为。压力最大的时候，她的头发大把大把地掉，甚至为了将品牌撑下去，再小的量也可以定做。就像吕燕本人所说："大家看到的都是面相，里面的东西，艰辛只有自己知道。"

而我代购之后的创业经历，也像极了这种英雄主义。很快，我的代购事业就有了从量级到质级的提升。但一段时间后，我决定将人生的航程彻底转向创业。原因种种：正如我在另一篇文章里表达的，尽管代购方兴未艾，但也存在明显的行业漏洞，种种不规范行为夹杂在内，使行业鱼龙混杂，行业总体发展前景引起社会质疑。站在个体的角度，尽管从事代购让我攫取了人生第一桶金，但它并不完全符合我对成功事业的设定。很多时候，我会思考一个问题，为什么都要去购买国外的产品？为什么都觉得国外的东西好？我们难道不能拥有自己的、值得追随的、甚至让外国人抢着来代购的产品吗？更重要的是，我对自己的希望，是一场不留余地的盛放。可现实的问题也横亘在面前，如果说代购还可以利用本职工作之外的业余时间，与职业保持相互平衡、相互尊重，创业却是另一种维度的存在，它必须全心投入、全心付出，然后全力负责成功或失败。创业必须与职业挥手诀别，给未来不留余地。

又是一次站在米字路口的抉择。这次不再有和风细雨，当我说出想法时，从家人到周边的朋友，再到学校的同事，都无法理解。他们的不理解是真心为我，一个四肢娇弱的女子，却要扛起未知全部的风雨，再加上灵魂四问"要不要生孩子？生了孩子如何分配时间？孩子生病了怎么办？能否兼顾工作和生活？"对女性创业的担忧全写在脸上。

还有更多的艰难，很多人无法预见，但我坚信我的勇气，既然已做出抉择，就全心付出，未知的，让它交给时间去检验。

我开始投入全部精力，掏出全部积蓄找团队、做调研、研发产品。前期积累的美妆、美容市场经验，为我初步确立目标客户群、进行产品链规划、了解竞品特性提供了有益参考，此时，一个靠谱的团队就显得尤为重要。幸运的是，在我最需要沉下心的时候，遇到了我的左膀右臂。他们或许不是完美到无懈可击，但踏实是他们的共同符号。为了做市场调研，开拓销售渠道，研制主力产品，盯住产品品控，他们常常9+9+2，白加黑地连轴转，有时只是为了一个小小的样品，也可以穿城跨省，反复来回，只为了协调出最好的结果。他们这么拼命，更多的动力在于，他们与我一样，怀揣理想，渴望着被梦想照亮的一天。

作为主心骨，我必须要改变更多、付出更多。在创业之前，我

以为自己写不了精湛的文案，以为自己不善于领导，以为自己一定是个傲娇的姑娘。但在责任面前，我实现了太多曾经不敢想象的第一次：第一次设计成功属于自己的产品，第一次成功牵手品牌的线下加盟，第一次带领团队成功举办集团年会，我的事业也通过如此多的第一次，实现了从产品到品牌到集团的跨越。如今，回望还算可喜可贺的市值，线下加盟超过5000家的心路历程，我要感谢这个伟大的时代，赋予每个人实现梦想的机会；感谢公司团队和一起加入筑梦事业的姐妹们，你们构筑了高楼大厦，造就了璀璨的金顶；也要感谢自己，那个在米字路口也曾徘徊、也曾犹豫的姑娘，最后选择了一往无前。

　　每一个野心勃勃的你，都值得被世界瞩目。

跟理想死磕到底，坚决不换姿势

前几天看了一篇医学方面的报道，颇有些感慨。说的是全国著名的华西医院，在抗感染方面全国领先，并不是华西医院的杀菌设施有多么高超，也不是他们的医疗流程有多么的严密，他们的秘诀就是让医卫人员规范地洗手。用一句当下时髦的词语，叫作"死磕"。"死磕"这俩字，看起来似乎总有那么一点需要铆足劲去完成的感觉，其实生活中创业中，需要死磕精神的，恰恰就是很多细微却难以坚持的事情和心境。就像我刚刚提到的华西医院规范洗手的事情，看起来特别微不足道，却因为不敢懈怠不敢疏忽，成为影响关键指标的关键因素，从而在成果方面超越了同类级别的其他医院。

死磕，难的不是在特殊时期咬牙跺脚，啃下一块硬骨头，而是在宽松的环境中，依旧能时刻坚持自己的初心，坚持将标准贯彻实施。一如既往，仿佛一无所有。我常用死磕的精神要求自己和伙伴：这辈子死磕做一个好研发，就要把全身心的精力投入科研中去，哪怕是每一次清洗试管的标准、每一次观察菌落的测算，这种严谨的态度支撑下又有什么是不可能做成的呢？这辈子如果死磕做一个好销售，就要全身心的思考客户和人性的需求，哪怕是用户的每一句反馈、客户的每一次抱怨，这种链接一旦建立有什么其他因素可以阻断的呢？时间总能证明，一切都会水到渠成。你若盛开，蝴蝶自来。

有人热爱英语，死磕一个用法；有人热爱物理理论，死磕一种概念的推导；有人热爱游戏，死磕一个游戏的所有攻略；有人热爱八卦，死磕某个人的前世今生。凡是死磕，必是热爱。当你爱它爱到某种程度，你突然发现它身上有一根你从未见过的毛发，你很好奇，于是去探究，当你费尽全力，终于得到答案时，肯定会觉得世界又多了一抹颜色。

都说德国制造业发达，殊不知德国对待细节的严谨和死磕。都说瑞士的钟表一流，殊不知钟表制作流程的复杂和死磕。都说屠呦呦的成就卓越，殊不知背后多少无名、失败和死磕。总有人抱怨这个时代不够公平，那你有过死磕这个不公平吗？

在商业领域，还有一个词与"死磕"一脉相承——匠人精神。我理解的匠人精神就是匠心，就是用一颗平静如水的心态耕耘世界，是在一张洁白的画纸上不断描绘自己的内心！如果我站在一个企业管理者的角度，轻易放弃了"死磕精神"，短视和急功近利的心态迟早会成为阻滞发展的恶果。

之前有幸去日本进行过一次参访活动，稻盛和夫的京瓷和松下幸之助的PHP是当时的第一站。稻盛先生和松下先生，这两位都被比作日本的"经营之神"。可当深入了解到其个人的成长经历与思维蜕变之后，才发现其实他们两位的哲学发源都是从各自的经营经历中慢慢跳脱出来，并不再局限于一个"经营者"的思维，而是从内心感受到企业经营对整个社会的推动力。稻盛先生说"敬天爱人"，松下先生说"保持一颗素直之心"，说的都不是企业经营的方法论，而是深刻的做人之道。他们对企业的经营目标，正是他们对世界的期待；他们追求的也不是成就自我的经营哲学体系，而是对社会、对自然、对世界的敬畏之心和深深的善意。我不禁思考：匠心是什么呢？或许匠心就是对别人看起来"冒傻气"的事，坚持的理所当然吧。

感谢自己，也曾冒过傻气。如果不是冒傻气，暗暗发誓要求对每位代理负责，对自己的梦想负责，对客户负责，也许我的创业之路就在三年前的一个晚上戛然而止。记得3年前，有一对外城市的创业夫妻，当时是我和团队跟进了半年多时间，沟通、试用、回访等流程环节——进行之后，对方才勉强同意尝试成为代理。尽管后来我们一直也有在很用心地培育和维护，销售额仍然一直都没能有显著的增长，沟通意愿也不是很强烈，就更遑论深入了，始终流于简单客气的表面。我一直观察这对夫妻代理，希望能有机会用真诚和信任打动他们，更真心地希望他们能通过代理公司的产品实现物质层面的提升。

记得11月份的一个傍晚，这位代理忽然急促的给我打电话，刚接通就生气地抱怨起来："戴总，我

觉得我们没有必要合作下去了。"随后气愤的挂断电话。我侧面了解，原来是代理好不容易想要补货一款产品，但是同事告诉她新旧产品调整，大货都还没出，而代理在不知情的情况下已经允诺客户明天上门来取。我即刻意识到这一笔订单远不是一件货的问题，关乎代理对我们品牌的信心，更关乎他们在用户面前的声誉。如果流失了这个单子，那么就意味着永远地失去了这个代理，这种损失超出了金钱能衡量的范围，更多的是品牌价值的损失和信念层面的缺失。我随即回拨电话，一边安抚代理，脑子一边飞速旋转，也许是天意，打着电话忽然想起家里应该尚余一件自己囤货准备使用的产品，当下就询问代理："明天客户会上门取货是么？为了确保时间上和运输上万无一失，我现在开车给你送过去。"我看了一眼手表，已经十一点多。"你会等我吗？"电话那头的她当即愣住了，大概是也没想到我会这么处理，过了两秒钟说：好的。当即我就驱车回家，翻箱倒柜，天无绝人之路，真的有一盒。旋风似的取来产品，刚准备走，儿子揉着惺忪的睡眼过来：妈妈，你回来啦，妈妈陪我睡觉吧！随即展开双臂要抱。我心里一紧，看了一下手表，只得嗫嚅地解释道：妈妈今天有特别重要的事情，还没有处理完，你先睡好不好？睡醒妈妈早上给你做爱心早餐好不好？儿子不情愿但又带着一点习惯性的成熟，说：那好吧，妈妈拜拜，早点回来哦。伴着儿子的轻声道别，我踏上出发的道路，开往一个不太熟悉的城市。当时的导航还没有现在这般精准，果不其然，入市后下高速不一会儿就出现了问题：开到交叉路口，由于地址太偏，信号丢失。开机关机，重新加载信号，依旧于事无补，一顿慌忙地操作后，我陷入了深深的无力感。在这个陌生的城市，除了焦急和恐惧，只有凌晨一点多寂寥的夜空陪伴着我。创业的委屈、对儿子的亏欠，一股脑的涌上心头，忧惧交加，泣不成声。就这样几分钟后，我开始努力平复自己的心情，尝试审问自己的内心，质问自己创业的初衷。此刻我的脑海里浮现的是代理们一张张洋溢信任及满足的脸，客户们一句句欣喜的反馈，工厂研发人员一次又一次的严格管控产品，我还有什么好抱怨跟退缩的呢？调试心情，我拨通了代理的电话，一点点地问起了路，找到了来时的方向。到达代理家，已经是凌晨两点了，代理看到我，神色中有感激、惊讶，也掺杂了些许几不可见的敬佩。事后才知道，她也是想试试等等看，等不到，便知此人不可交，她说："你知道吗？当时真看到你开车出现在我面前，我才知道不可思议四个字到底怎么写。"事情到这就结束了，这对代理自此追随我，无须做更多的交流，一切不言自明，至今依然如初。

想起著名教育家张伯苓先生说，欲成事者须带三分傻气。很多时候这三分傻气我们早丢了，为什么而出发我们早忘了。许多路都是先苦后甜，可我们往往太过聪明，看到了苦，便不愿往前了，谁都不愿成为一个苦行僧。是啊，世道在变，死磕的傻子不多了，也越来越难了。身处眼下物欲横流的社会，倘若每个人都没了这份死磕的精神，当初的热血逐渐变凉，斩龙的少年逐渐长出鳞片，那该多糟糕。

有人唱衰自己所在的行业，将碌碌无为推脱给行业；有人抱怨农村教育资源不好，把成绩推脱给资源；有人抱怨自己的出身不好，把悲惨生活推脱给环境。抱怨到最后，一事无成。他们没看

到，自己身处的行业，还有人兢兢业业，每天都在上演奇迹；他们没看到，在那些偏远的山区，资源更不好，依旧有人端正于课堂，心怀虔诚，靠自己走出大山；他们没看到，出身更差的大有人在，那些人不也拼命扭转了乾坤。

你是怎样，生活就是怎样。与其抱怨，不如死磕到底，用自己的力量去改变一直以来所抱怨的。不管未来有多少刀光剑影，我都希望我们别被世俗所裹挟，心中有热血，眼里有光芒。为自己，为生活，或是为脚下这片土地，全力以赴一次。

创业很狼狈，但奋斗很体面

　　创业是一条孤独和前途未知的道路，成功前不会有人相信你，成功后不需要人相信你。许多人都说创业苦，这不仅体现在它的高失败率上，还有创业过程中对一个创业者精神和肉体上的双重磨砺。当年，我刚刚决定辞掉教师的工作那会儿，全身心的投入创业中去，我经常被问的一句话是：这么苦为什么创业？放着稳定的教师工作去创业，万一失败了怎么办？然而蝼蚁尚有鸿鹄之志，更何况人呢。

　　有人想通过创业接触到更高的阶层，有的人期望通过创业实现经济独立和财务自由，提高家庭的生活水平，还有的人创业是为了圆梦，实现自己心中的梦想。有谁是被逼着创业的，大多数人创业的初衷是名利、金钱或者梦想，不管是什么，都是被自己主观的意志驱使着踏上这条创业之路。带着美好的愿景出发，就要坦然面对这路上的荆棘。

　　创业者是孤独的，在做出创业这个决定之前，你必须做好一定的准备。首先就是做好角色转变的准备，从打工者到创业者的转变，不仅仅是所处位置的改变，还有身上责任和看问题的角度的转变。有人说"未思进，先思退"，创业同样如此，对其中的困难和窘境早有预知，那么在它真正来临的一刻就不会感到手足无措。即使一时面临败绩，也要尽快从中吸取经验教训，重整旗鼓。创业者成功不仅要有自身的原因，还要熟悉市场规律，了解当前的热门行业，才能获得成功。创业是个优胜劣汰的过程，最终创业成功的人相对于最开始庞大的创业军团来说寥寥无几，更多的是失败。1%的人创业成功，还有99%的人倒在了这条路上，或选择重新爬起来，继续创业，或选择调转回头，回到原来循规蹈矩的路。

在创业初期，我每天工作十几个小时，没有周末，还不一定能得到回报，创业前期一直处于亏损状态的压力也让人更不敢停下。当然创业最大的苦，反而不是肉体上的辛苦，而是精神上的折磨。每天除了要考虑公司前景规划、KPI制定，还要思考怎么把员工凝聚起来，毕竟创业前期的苦很容易让员工产生退意，团队人心散了，创业之路就更是难行了。除了肉体和精神的压力，创业者要面对的还有来自未知承担的压力。不知道自己的决策是否正确，看不清方向，不知道自己的这些辛苦最后是否能得到回报。员工可以辞职，但是创业者不能退，退后就是失败，就代表着前期的投入全都成了白白损失，而且担负着几十、几百个员工工作的责任也推着他们往前。

创业不简单，公司运营上，杂事多的要死，但是我有得力的人帮我处理了大部分，我有合伙人，我有团队，虽然还很小。我还有很多关心支持我的朋友。我现在在做一些很有挑战性的事。外界几乎不知道我到底在做什么，没关系，该沉淀的沉淀，该赚钱的赚钱，团队该发展的发展。这是关键。我的心态一直很好，不是我对自己百分之百的自信，而是我感觉历史会选择我，这种感觉难以描述，这种感觉无所谓这次会失败还是成功。

前些天和合伙人聊天，我说如果别人问我你的梦想是什么，我依旧说："赚越来越多的钱。"这一点都不俗，有钱我才能实现我的更多想法。除了搞投机之外，我的产品、我的服务如果不好，怎么会有钱？我想赚更多的钱，那我创业的东西必须得好，得解决好问题，那才能有钱。

　　现在回望，我觉得创业很有趣的点在于，我可以大胆思考我要做的事，至少我现在的"切入点"把当前这个公司运营起来了。唯独欣慰的是：我有不少时间可以和团队尝试些可能会很赚钱的东西。创业有什么特别的？都是要做事，而且要成事的话，都一样很累，无论你创业不创业。那些一边喊着创业苦逼，一边辜负生活的人不值得同情。因为我辜负过生活，不会再犯这样的错误。其实许多人创业的初衷就是为了逃

避工作，但是他们会发现创业比工作更辛苦，这部分人在持续亏损甚至看不到未来的前期很难坚持下去，最后结果只能是失败。还有一些人在创业之前可能根本没想清楚自己为什么创业，甚至创业的具体方向也是在决定创业之后自己磕磕绊绊中确定的，这就会导致他们在创业前期会浪费很多时间去走很多弯路，也就导致了过程中的苦。

有时候创业真的挺狼狈，为了解决客户一个小小的问题，为了安抚代理一次怒不可遏的情绪，为了平衡家庭和工作的时间，甚至为了吃苦和享受之间自己的拉扯，无一不是狼狈的。但是，我可以骄傲地说：奋斗很体面！我喜欢的东西都很昂贵，它叫梦想！我想去的地方很遥远，它叫成功！我之所以要奋斗，是为了能够看一眼更大的世界，是为了过自己喜欢的生活，是为了看到人生后半段的惊喜。奋斗的理由只有一个，不奋斗的理由有千万个。奋斗就是：每一天都很难，可一年一年却越来越容易！不奋斗就是：每一天都很容易，可一年一年却越来越难！人生就是这样，眉毛上的汗水与眉毛下的泪水，总要选择一样。

关于奋斗中吃的苦我自己欣然接受。同样教育孩子，也力求让他学会吃学习的苦，吃奋斗的苦，别在最该为学业奋斗的时候选择了偷懒和安逸。如果现在不吃学习的苦，未来就要吃生活的苦。网络上有一个问题：你知道用什么办法，可以轻易毁掉个孩子吗？答案就是对他百依百顺，不让他/她吃一点苦。溺爱不是爱。在成长的路上，有些风雨一定要孩子自己承受，有些苦难也一定要孩子亲身体验。

桐华说，人的一生就是不断付出和收获的过程。在这个过程里会逐渐形成两种人，一种人因努力而成功，另一种因懒散而失败。

去年（2018年）7月，美国首席大法官约翰·罗伯茨在他儿子的毕业典礼上说了一番"狠话"，在社交媒体刷屏的同时，也引发了社会的深思。"通常，毕业典礼的演讲嘉宾都会祝你们好运并送上祝福，但我不会这样做。我希望你们在未来岁月中，不时遭遇不公对待，这样才会理解公正的价值所在。愿你们尝到背叛滋味，这会教你们领悟忠诚之重要。愿你们偶尔运气不佳，这样才会意识到机遇在人生中的地位，进而理解你们的成功并非命中注定，别人的失败也不是天经地义。当你们遭遇失败时，愿你们受到对手幸灾乐祸的嘲弄，这才会让你们理解竞争精神的重要性。愿你们偶尔被人忽视，这样才能学会倾听；遭受适当的痛苦，那样你就能拥有同情心。无论你我愿不愿意，这些迟早都会来临。而你们能否从中获益，取决于能否参透人生苦难传递的信息。"

摘引最近朋友圈比较火的一句鸡汤：我们其实在25岁就已经死了，只不过75岁才埋进土里。话虽粗鲁，但发人深省。许多人说能看到自己几年后甚至十年后是什么样子，这是一种最大的悲哀。所有精彩的人生都是通过磨难和奋斗取得的，如果你正享受着美好的生活而不需要奋斗，那是因为你身边的人已经替你奋斗了。请珍惜生活的痛苦，因为痛苦能够让你奋起拼搏。

任正非在44岁时投资失败，被南油开除，无处就业才被迫创立了华为，而现在华为公司的企业核心文化四句话中就有一句是：以奋斗者为本。历史总是要通过这样决绝的悲情成就一段佳话，华为的成功也离不开它的奋斗者文化。同样任何公司的发展也是需要一批奋斗者，一批不屈不挠、拥有奋不顾身的进攻精神的奋斗者。留给奋斗者的机会和平台一直都很多，然而许多人却选择了安逸。当他们正在窃喜自己一天的碌碌无为却依然得到了公司的薪水的时候，却不知社会发展的洪流已经暗暗将他抛弃。最终他会发现井底之蛙是可爱的，进而是可笑的，最终却是可悲的。因为多年以后当他再也无力改变自己，更无力改变客观环境的时候，那一刻注定将开始了他下半辈子的悲剧。

在本该奋斗的时间却选择了碌碌无为，这就是选择抛弃生命的美好。就像王小波说过的，"我从童年继承下来的东西只有一件，就是对平庸生活的狂怒，一种不甘没落的决心。"也许未来的广袤我们只能略窥一二，未必全是风光如画。但我们应该为浪费的每一寸光阴羞愧，我们的心里永远会有个隐隐约约的声音在提醒自己：你应该更好！

"她经济" 启示录：得女性者得天下

    "她经济"是教育部2007年8月公布的171个汉语新词之一。随着女性经济和社会地位提高，围绕着女性理财、消费而形成了特有的经济圈和经济现象。由于女性对消费的推崇，推动经济的效果很明显，所以称之为"她经济"。我对这个词特别有感触，或者说特别有感情。她经济是我一切的创业灵感和创业支柱，虽然很长一段时间我甚至不知道这个词，但早在2012年，我就凭借观察总结和前期的试水累积下来的经验反馈，下意识就提前预判出一个结果：女性群体在整个消费能力和消费市场绝对占据举足轻重的作用，而且这个权重会越来越大。

    自四五千年前，父系氏族社会取代母系氏族社会掌握权柄后，开启了漫长的男权统治时期。但随着近现代社会的发展，性别对社会生产力发展的影响逐渐削弱，全球女性的"平权意识"逐步觉醒，一场旷日持久的"平权运动"正在逐渐展开。在这种趋势之下，"男女平等"的观念也被广泛地接受。现代女性拥有了更多的收入和更多的机会，她们崇尚"工作是为了更好地享受生活"，喜爱疯狂购物，甚至推崇提前消费，不惜以信用卡还贷，成为消费的重要群体。越来越多的商家开始从女性的视角来确定自己的消费群，研制并开发新产品。一些经济专家认为，女性经济独立与自主、旺盛的消费需求与消费能力意味着一个新的经济增长点正在形成。

谈及用户群体消费价值，"少女>儿童>少妇>老人>狗>男人"的公式一定会被拿出来，虽然其带有少许调侃的意味，但也基本反映了客观现实。在位列前三中，女性用户占据两席，这也足以说明女性消费的价值。

其实，女性的消费价值天生就高于男性。女人是感性动物，她们的消费决策也更偏向右脑消费特征，即对外观、色彩等一切与视觉相关的元素极度敏感，在情感互动和共鸣下，往往更容易产生冲动消费。同时，女性对商品使用价值的理性判断又稍逊男性，所以女性承受品牌溢价的程度也超过男性，毛利也更高。她们购买商品的目的已不再是出于生活必需的要求，而是出于满足一种情感上的渴求，或者是追求某种特定产品与理想的自我概念吻合。她们偏好那些能与自我心理需求引起共鸣的商品或服务。因此，商品的名称、外观、色彩、款式以及购物、进餐、娱乐环境中不同的建筑风格等都可能成为使她们产生冲动性和诱发性购买行为的因素。

今年（2019年）我国的女性消费市场规模预计同比大幅提升，最终将达到4.5-5万亿元。如此大的数据支撑，正是包括我们在内的很多品牌在"她经济"领域找寻机遇和深耕的一大契机。如果说企业前几年的发展完全是凭借我的一腔孤勇和个人热情，那么后半程的发展就需要完全依托大数据和客观规律了。我常常跟我的代理商们说，市场的前景是不可限量的，集团的未来是不可估量的。

女性意识的觉醒、场景化的销售模式以及过硬的产品质量将是支撑我们集团在未来几年继续裂变发展的重要因素。"马云成功的背后，站着的是千千万万忍不住'剁手'的女人。"这一网络金句精准点明了女性是阿里电商发展的第一功臣。阿里早先有数据显示，其在线电商销售额的70%由女性贡献，其惊人消费力可见一斑。

由于社会地位和经济地位的提高，现代女性不再满足于一成不变的生活、千篇一律的形象。她们追求生活的多样化，希望尝试不同的生活方式，希望改变身份，经历各种体验。于是，一些顺应女性求新求变心理的商品和服务便应运而生。同时，越来越多的女性开始追求那些能够促成自己个性化形象、显示自己与众不同的产品或服务。打个比方，品牌服装之所以受到热烈追捧，不仅仅是因为它们设计独特，更因为每种款式数量有限，迎合了女性消费者追求个性化的消费心理。这是很多瞄准女性市场的企业需要借鉴的地方。

"她经济"的另一个不可忽略的特性在与：对于喜爱分享、"种草"的女性来说，其影响力也并非仅仅局限在家庭范围内，个人旅游经历、产品体验将潜移默化地影响身边的闺蜜，更有甚者将影响社交媒体上的粉丝群体，形成当前的"抖音网红""旅行 VLOG"旅游新业态。这种口口相传往往更具信任感，容易激发潜在用户的跟风消费，在口碑效应帮助品牌"带货"。如此一来，能在消费市场上掀起蝴蝶效应的女性用户，自然成为营销预算缩减下，抢占市场份额的"天降神兵"，成为平台们心头好。

在我看来，"她经济"初露峥嵘的更深层次的寓意是：以前的粗放式营销已经不能满足市场需要，必须更深入地细分市场，针对不同的目标消费者，特别是女性消费者，提供更加个性化、人性化的商品和服务，才有利于市场向规范化和理性化发展。所以我们前期的布局都是有规划有节奏的在推进和演化的，集团将深化企业革新，将产品服务场景细化、将女性需求定制化、将产品矩阵多元化化，进行一个多维度的布局。

古人云，射人先射马，擒贼先擒王。尽管语境不同，但是却告诉所有商业玩家抓主要矛盾的重要性。面对方兴未艾的"她经济"，企业抓住了核心的女性用户，也就是抓住了家庭消费的一个核心节点，并能由此辐射出更多意想不到的价值，而这无疑将是一盏照亮流量困境的明灯。作为汴禧的掌舵人，我有责任和义务为代理商和终端客户研发适合更多女性更多需求的产品，这是集团的使命，也是我作为"她经济"一员的"她"所期待看到和感知到的一幕。

社交电商：普通人普通人创业的下半场

在云南的一个小城里，一对夫妻走进一家母婴店。是朋友推荐来这家店的，他们点名要买伊利金领冠奶粉。夫妻俩之前了解过很多种奶粉，比较之后才会这么笃定的选择这款。店主听到他们要买这款奶粉，却一副很诧异的样子："你们选这款是脑子有问题啊"夫妻俩被这句话搞蒙了。接着店主苦口婆心地说："你们不在这行不懂，你看伊利金领冠打了多少广告，这个价格里一半都是广告费。"这对夫妻有些犹豫了。

店主接着就指着另一款奶粉（这款奶粉，店主有这个小城的独家代理权，当然就意味着拿货成本低，利润高）说："我这边还有另一款伊利的奶粉，这款奶粉有 XXX 成分，是金领冠里没有的，对小孩特别好，而且因为伊利没给它打广告，它的价格反而还低一些呢。"夫妻俩心动了，但还是有些迟疑："可我家小孩已经喝惯金领冠了，突然换奶粉是不是不好啊。"店主信心十足地说："调个一两周就调过来了，而且两款奶粉都是伊利的，基粉都一样，没关系的。"所有的顾虑都没有了，这对夫妻问道："那有优惠么？"这款奶粉前有个小小的牌子，上面写着，买4送1。不过店主更会做生意，他说："这样吧，你是我老顾客推荐来的，给你更优惠些，买30罐送10罐。"

店主又送了总成本加起来100元的赠品——讲故事机和学步车，夫妻俩乐呵呵地刷卡1万多，买下了30罐奶粉。这还没完，店主问："你们今天提几罐啊？"夫妻俩说："先提两罐吧。"店主心花怒放。对于店主来说，他们一次提越少越好，这样来店的次数就越多。店主有信心，他们每次来，都能让他们再次消费。就这样，一个顾客和一家店深深地绑定在了一起。店主虽然是有些套路，也是从利己的角度出发，但顾客买奶粉也省了钱，可以说是双赢的结果。

就像刚才那个故事里那样，在下沉市场，每个实体店主就是一个KOL，他影响着他的顾客，大家愿意听取他的建议，他们之间往往有着超出生意本身的联结。但是故事中这样的顾客也不是天天能遇到，开发高忠实度的顾客，对每个店主来说都是难题。而如果这些店主能发挥社交电商的作用，让大家一起分销，也就是让线下的顾客和积纳有品平台上的其他会员一起来帮店主卖货，就可以实现店面辐射半径无限大。更重要的是，当你的顾客和你有了这种更深层次的利益绑定，他的忠诚度会大大提高，即便别家店的奶粉比你家还便宜，他也不会轻易离开了。可谓一举两得。

什么叫社交电商？透过"社交"和"电商"两兄弟，更容易解读一些。首先，社交是人的天性。生活在社会之中，每个个体都需要社交。过去的社交，就像歌里写到的那样"车、马、邮件都慢"，人们无法及时、畅快地进行交流。而如今，移动互联网普及，微信生态日渐完善，社交的强需求得到释放。表现在数据上，QuestMobile发布的《中国移动互联网2018年度大报告》显示，2018年12月移动社交在用户总使用时长的占比为33.44%，甩开第二名移动视频12.31个百分点。以上社交基础设施为用户带来最大的影响是个体意识的觉醒，用户开始追求以自我为中心，延伸到消费市场，这种变化放大了电商的想象空间。

移动社交电商的趋势已经不可逆转，而且随着消费者上网模式的变化，受操作工具的现实影响，以往电商平台更喜欢的"搜索"驱动正在逐渐衰落。自微信诞生，移动社交几乎完全颠覆了传统的社交模式，电商行业进入"分享时代"。社交分享，基于消费者的社交圈，无形中为促销商家带去了一批潜在客户，这种互动感和裂变式传播性在传统电商打法中严重缺乏，而这与移动端的电商环境必不可分。社交电商的本质

就是自销和分享，这符合中国上千年以来的优良传统文化，同时也符合人性的本质。在消费不断升级趋势下，因分享带来的消费体量逐渐增加，围绕着一群人做生意成为新的模式。社交电商也是在传统电商发展瓶颈背景下的新突破，也就是伴随消费个性化开拓的电商细分市场。

社交电商的出现，一定程度上弥补了传统电商日渐显现的某些弊端，成为新零售的未来。

社交电商是基于人际关系网络，利用互联网社交工具，从事商品或服务营销的经营行为，是新型电子商务的重要表现形式之一。社交电商最大的优势就是在于延长影响用户的时间，提升了影响用户的效率，而且可以更好地发动客户转介绍，为品牌降低了流量成本，挖掘客户线上购物的用户价值和购物习惯，更好地做好线下体验和服务。

社交电商作为未来的电商趋势，国家政府对社交电商这一新生业态的探讨已被列入重要议程。明确提出要"鼓励社交网络发挥内容、创意及用户关系优势，建立链接电子商务的运营模式，支持健康规范的社交电商发展模式"，社交电商经济的发展已势不可挡！无怪乎马云说：未来电子商务平台即将消失，线上线下和物流结合在一起，才会产生新零售。那么在线上，务必要借助社交电商的优势，才能真正使线上引流成本降低，线下门店和生产商减少库存和囤货量。

随着消费者需求的变化发展，以人际关系为信任背书的社交电商成为全新风口，并具有无限的发展潜力。时代的发展推动着行业的兴衰更替，同时也为新秀的逆袭提供了绝佳的历史机遇。"普通的人，用普通的方法，做普通的事。"我想对每一个普通人说："社交电商本身就是普通人可以做的事，用很普通的方法，就能小有成就"。

社交电商从出现到后来的快速发展，其中不乏各种声音，特别是后期各种模式、各种玩法的崛起，很多声音说社交电商已经处于红海领域。事实确实是如此吗？其实，社交电商的爆发还在继续。值得注意的是，商务部预计2020年中国网络零售市场规模将达9.6万亿元，报告中预估届时社交电商市场规模将达3万亿，即对整体的贡献达到三分之一。

不得不说，社交电商是红海中的大片蓝海，甚至可以说，还处于蓝海。究其原因，社交是人的本性，而现在依据互联网的社交，时间更长、范围更广，通过社交，延伸到消费市场，这种变化放大了电商的空间。在未来，社交电商想走得更远，发展得更好，不能简单地采用社交+电商，让社交的目的纯粹地成为交易，更重要的是服务化、多重发展。

上下游共同驱动，线上与线下结合，去除微商标签，注重用户与商家的双赢。成功的社交电商，一定是上下游共同驱动的。

如果只取上游供应链，没有流量，那只是一个传统的零售渠道而已。同样，如果只取下游，最终只会发展成为一个玩流量的企业，用户和产品怎么会和你有长期稳定的关系？所以，上游供应链，下游的流量，一个都不能少，共同驱动，才有稳定的流量和产品。

现代人，特别是现代年轻人的消费习惯，除了网上购物外，另外一部分的消费额度在线下，特别是线下以个体为中心的1-3公里范围。传统商家也面临引流、获客难、获客成本高等诸多问题，经营困难，我们经常看到一个商圈门店转让、倒闭。微脉时代正是将这些商家整合，资源共享，同时应用互联网的思维来为实体门店引流，获客，摆脱传统"等客来"、手动发传单的现状。正是这种线上+线下都可购物省钱，备受消费者喜爱，从而产生长期稳定的关系。

社交电商发展过程中，其中的一点备受争议，那就是因分享原因，被贴上了"微商"的标签。成为平台会员需要"会费"，不同层级还能从"会费"中获取利益，发展团队等，因此被用户认为这就是微商，降低用户可信度，不利于长久发展。摘掉"微商"标签，回归到电商人、货、场景的本质，才可获取用户信任，长久发展。

普通的社交电商平台，只注重有用多大的用户流量，多少的订单流，而不会考虑商家的收益，更不会涉及线下商家。这样长此以往，很难进行长久的合作，何谈双赢？做平台，最忌一叶障目。社交电商不同于"微商"，只是在其发展过程中，有些平台过于激进造成了模式偏差，社交电商是正规且值得信任的。就社交电商发展来看，他是有更大的发展空间，看好不看衰，重要的是不要触碰政策这条生死线。以汴禧商贸来说，采用多重模式，按规定范围内多样化玩法，将价值真正回归到人，严格把关产品和服务，在信任关系下给予客户更多相匹配的产品和服务，终会越走越远。

新零售 新业态 新打法

    随着互联网的快速发展，现在的我们总会发生这些经历：在实体店试穿到满意的衣服后，会看看网上有无折扣后才决定是否购买；在网上翻来覆去地挑选商品，却会担心自己会成为别人眼中的"买家秀"；购买到心仪的产品会发布到朋友圈、抖音、小红书等等社交平台进行分享，同时购买到质量差、不合适的更会贴出来自黑这些心态，是因电商崛起带来的。

    电商的下一步，将是打破线上线下界限、追求产品与服务的极致体验，这指的正是处在风口上的"新零售"。

    新零售是以消费者体验为中心的数据驱动的泛零售形态，有人将其归结为"线上+线下+物流"，也有人提出新零售就是"将零售数据化""本质很简单，就两个字——'效率'！用一切手段全方位无死角地提高效率"，在你的购买欲萌发时，就能完成支付。在你的购买欲消退前，就能完成送货。当下的时代，传统零售行业受到来自电商互联网的强大冲击。马云曾预言，线上与线下将深度结合，再加上现代物流，服务商利用大数据、云计算等创新技术，构成了新零售的概念。纯电商的时代将很快结束，纯零售的形式也会被打破，新零售必将引领未来全新的商业模式。

在中国进入新零售阶段前，此前已经经历了传统零售业诞生、消费者导向形成、大零售阶段、网上零售阶段和电商薄利阶段。新零售阶段下，实现了线上线下的融合，在大数据、云计算和3D等技术支持下，加之消费者个性化需求增加，融合线上、线下、物流的新零售模式成为激活零售市场的下一步。

2017年，新零售的诞生带来场景革命，目前竞争格局已经渐渐明朗，2018年迎来智慧新零售元年，在这样的环境背景下，新零售发展方向发生了诸多变化。

最直观和最重要的特征是：更加以消费者为中心。消费个性化、商品社交化、线下突围、OEM、ODM精品电商等等，这些新的商业业态标志着移动互联网和数字技术推动下中国"新消费时代"的到来。"新消费时代"意味着要以消费者为中心重新定义品牌产品组合，重新构建生产、销售和服务的逻辑和链条。对于品牌来说，谁越能精准洞悉消费者心理和行为，越能满足其需求，就越能赢取他们的心。在这个时代，新生代消费者成为消费主力，同时也在移动互联网空间中占据着最大的话语权和流量高地。为了融入他们，越来越多的品牌研究年轻一代的生活态度与消费偏爱。如何得到新一代消费者的青睐，成为企业业绩保持持续增长的关键。

在零售市场竞争激烈的环境下，在商品极大丰富的大背景下，零售的发展，已逐步走出以商品为中心的模式，转向以消费者为中心，以流量为中心的方向加快发展。新零售需要从内容、形式和体验上如何更好地满足消费者的需求，是当前零售经营的核心。当前，零售首先是经营顾客，围绕经营顾客打造有特色的商品与服务。目前，零售经营什么品类、什么品牌已不是最重要的。如何用有特色的商品、场景、服务、体验打动消费者，触动消费者的心智，已经成为最关键的要素。

在零售市场竞争激烈的形势下，竞争取胜的关键基础是精准定位，精准定位你的目标消费者，精准聚焦目标消费者的需求场景。没有精准就没有消费者认知，就难以引起目标消费者对你的消费需求。任何的零售形式都必须首先明确：你的目标顾客是谁？用什么商品和服务能够满足目标消费者的需求。在精准定位基础上，是需要用有效的手段链接你的目标消费者，影响你的目标消费者。我经常跟团队思考这样一个问题：顾客主义的时代已经来临，这意味着要将顾客作为所有问题的出发点。我们的客户群体在哪里？他们能不能影响更多的客群？他们的消费场景还可以扩大到哪里？对企业来说，战略的重点要从"挖掘确定性"转向"探索可能性"——用不断更新的技术去洞察、满足和引领客户不断变化的需求。当顾客成为共创的主体、改变了价值创造和获取的方式后，就可能导致爆发式（而不仅仅是线性）的增长。

以顾客为主体，首先要回到顾客价值链的本源，根据哈佛商学院的塔莱斯·特谢拉（Thales Teixeira）的"客户价值链"理论，顾客购买一件产品至少涉及四个阶段，首先是评估，其次是比较，而后是掏钱购买，最后是使用。在传统零售时代，前三个阶段主要发生在零售店等实体的场所，作为产品生产者对消费者能够施加的影响较小，但是在以电商和社交媒体为主要特征的新零售时代，生产企业可以直接与消费者进行沟通，从而更加强烈的影响消费者的心智，但是同时消费者也变得越来越精明，所以争夺消费者的关键就在于如何在客户价值链的最前端能够直接引起消费者的兴趣以及向往。

流量零售和社群零售大行其道。在线下、线上流量到顶的形势下，零售经营的核心元素已经变成是流量。流量是零售企业最重要的资源。未来的零售竞争是流量的竞争，是顾客资源的竞争。如何找到顾客、建立链接、产生影响、增强黏性、提升价值、打造终身价值顾客是零售经营的主线。在流量零售的模式下，所有的顾客一定是注册的、是可链接的、是可统计的、是可管理的、是可互动的。零售的经营将以如何找到顾客为起点，通过用户注册，把顾客变成可连接，可管理。企业要尽快用更多的手段，把你的顾客变成你的注册用户。用一切有效的方式影响你的顾客，逐步打造成终身价值顾客。

当前的社会环境下，以往商品力、品牌力为中心的零售营销模式已经在发生变化，社交力、社群力正在成为新的零售营销影响力。零售在变的社交化，具备更多的社交属性，具备更多的社交功能。在互联网环境下，社群影响已经成为消费购买的主要影响要素。围绕目标顾客，打造超强生活场景，构建更多的IP属性，通过社群产生黏性，逐步放大顾客价值，能够产生更大更有效的传播。在社交电商这一块，我深有感触，当下的电商，甚至可以说：得社群者得用户，得用户者得市场。社交传播都是从个体的周边向外扩散，就像扔石子进水里，一圈圈荡漾开去的水晕一样，越靠近中心强度越大。传播就是在这一个个圈子的不断碰撞中扩散开来。研究圈子的关系链、圈子扩散的强度，圈子碰撞的轨迹，将会为社交属性的圈子传播的最大化做出贡献。重复，不断重复，这是新零售在社交属性上的无上法宝。不停地刺激造成强烈的印象，同时，社交的人际关系链又不断地增强说服力，形成了众口铄金，少数服从多数的态势。当然，这里有一个关键的问题，刺激的阈值和频度，关系到态度的转变，太过了，往往会形成适得其反的效果，与初衷完全背离。

全渠道零售是大势所趋。目前的零售市场已经是高度的线下与线上二维市场。未来的零售市场必将是更加充分的二维市场结构空间。市场不会再回到单一的线下市场结构，只有实现二维市场融和规划，协同发展，才是把握了市场的全部。做好新零售必须要从如何统筹规划、融合好这两个二维市场。单一的线下，或是单一的线上都不完整。全渠道可以有两个实现方向：以线下为主，把线上流量导入线下；以线上为主，把线下流量导入线上。线下与线上市场必然是协同的，目标是一致的，不是竞争关系。不能把线下与线上割裂开来规划，自我产生竞争。

同时，随着信息技术、智能技术的逐步成熟，人工智能将会逐步取代部分的人力，而使零售效率得到提升。沃尔玛已经在实验机器人货架，可能会替代人工上货、盘点、货架管理。从成本、效率、体验出发，无人零售、自助零售已经成为今年零售创新发展的新热点。未来可能成为一种主要零售形式，或者成为一重要的零售补充形式。

中国的零售市场正在发生巨变，新零售已成趋势。新零售时代，供应链围绕"连接消费者"和"提升运营和服务"两个关键点展开，在解决"货"的问题的同时，与"人"和"场"不断深入融合。然而，在实现新零售转型的过程中，传统企业面临多重挑战，其中提升供应链管理效率已成为这一转型过程中最重要挑战和我们大部分传统企业的战略建设方向。

汴禧集团在众多护肤品企业中能脱颖而出，并且能飞速发展，源于对产品质量和研发的死磕精神，践行着"产品第一，质量为本"的经营理念。但是，我个人认为最重要的战略性布局实在产品矩阵的搭建上，细分和精准定位。集团旗下拥有包含各种年龄层，各类人群，各种需求的众多优秀产品。有专注女性内在保养的D女郎，有专注女性美容养颜的蜜诗摩尔，有日用护肤品品牌佳妮黛诗，更有养身健康食品品牌臻延坊。从女性私护保养，到健康食品到日用护肤品，日用生活用品，大大增强了客户的选择性，也是目前国内少有的拥有如此众多产品的集团公司。在新的商业模式不断迭代更新的情况下，作为经营者和掌舵人，我认为要继续深耕社交属性和重视客户价值这两大维度，同时打通和优化渠道零售的环节。让汴禧成为一个有流量、有口碑、能带货的代理商满意度高终端客户美誉度高的大品牌，让代理商和终端客户都能享受品牌口碑和新经济带来的福利。

世界上最快而又最慢，最长而又最短，

最平凡而又最珍贵，最易被忽视而又最令人后悔的是时间。

宝贵还是浪费，完全在于它被如何对待。

撷一抹精致的典雅，圆一段仲夏的梦，

寻找真正的自己，去过独立的人生，

生活的理想，恰恰在于理想的生活。

夏梦篇

生如傲兰，绚烂夏梦

因梦想而独立，因独立而理想

自己发光，而不是等待被谁照亮

小姊妹生了二胎，我最近去看她的时候，宝宝大概五个月，圆滚滚的大眼睛充满对未知的好奇，滴溜溜地乱转，最后被投射到墙纸上的一道光晕吸引，咯咯咯地笑了起来。大概这世间的好东西在创造之初都被配备了发光的属性，有的像月亮，要借点光才亮得通透；有的像灯，要经常充电；有的像太阳，自带能量拥有温暖着周围的力量。

会发光常见，自发光难得。如果不能自发光，想有获得光亮要么依赖一些外界的能量，比如电力风力；要么其实是后面有光源在照亮，比如再明媚的阳春三月其实也是地球被太阳照亮。所以一旦断电，灯泡只是一个圆形的透明玻璃；一旦太阳转入云层深处，地面上乌云遮日毫无生气。自己能发光就不同，不用受限于别人，哪怕是一只小小的萤火虫，自由地在暮霭里结伴飞舞，是别的动物奢望不来的浪漫。无怪乎泰戈尔有专门写萤火虫的诗句：

小小流萤，在树林里，

在黑沉沉的暮色里，

你多么欢乐地展开你的翅膀！

你在欢乐中倾注了你的心。

你不是太阳，你不是月亮，

难道你的乐趣就少了几分？

你完成了你的生存，

你点亮了你自己的灯；

你所有的都是你自己的，

你对谁也不负债蒙恩；

你仅仅服从了，

你内在的力量。

你冲破了黑暗的束缚，

你微小，然而你并不渺小，

因为宇宙间一切光芒，

都是你的亲人。

在泰戈尔看来：他冲破黑暗的束缚，内藏巨大的力量，活出了自己。同时生命的意义不是以外在的伟大和渺小来衡量的，而在于你是不是珍惜你自己，珍惜大自然赋予你的力量，并最大限度地用这力量发出光芒。我觉得当代女性越来越体会到这种精髓，不依附与男性和外在的力量，向男人一样在社会上肆意挥洒自己的才华和力量，不依靠，不寻找，人群中独自美丽。独立的人是自由的，自己能够独立，没人能去横加干扰和控制，这是幸福的。早先几年陈道明为江一燕的书写序有这么一句话：

韶华易逝，刹那芳华。皮相给你的充其量是数年的光鲜，但除此之外，你更需要的，是在一生中都能源源不断给你带来优雅和安宁的力量。这种力量便是独立。独立的女人光芒万丈，她们自信、大方，自带创造幸福的能力。无须依赖任何人，就能活成一棵树，活成这世上最美的风景。男性们似乎越来越欣赏独立女性，倒不是因为女性的经济力上来了可以为他们减轻家庭压力，而是经济独立随之带来的精神独立、思想独立，能让一个女人的身上由内而外的闪耀着自主自立的光芒。这种力量，不光能照亮自己，时刻充满自信的锋芒，同事还能对下一代树立良好的榜样。我的创业团队里有很多年轻的妈妈，生完孩子本可以一心照顾宝宝，将所有的责任暂时先放在另一半身上，但是他们深知，如果长期的脱离职场失去收入，慢慢地就会失去自主的经济能力和与对方共同成长的机会，失去共同为家庭奋斗的成绩感。她们加入了创业团队，并且很大一部分人因为这个小小的事业，逐渐的作出一些成就，实现了物质和精神的双丰收。

初中的时候最喜欢舒婷的一首诗《致橡树》，到现在还能背出来大半首：我如果爱你——/绝不像攀援的凌霄花/借你的高枝炫耀自己；我如果爱你——/绝不学痴情的鸟儿/为绿荫重复单调的歌曲；也不止像泉源/常年送来清凉的慰藉；也不止像险峰/增加你的高度，衬托你的威仪，甚至日光。甚至春雨。不，这些都还不够！

我必须是你近旁的一株木棉，作为树的形象和你站在一起。根，紧握在地下/叶，相触在云里。每一阵风过/我们都互相致意，但没有人/听懂我们的言语。你有你的铜枝铁干/像刀、像剑，也像戟；我有我红硕的花朵/像沉重的叹息，又像英勇的火炬。我们分担寒潮、风雷、霹雳；我们共享雾霭、流岚、虹霓。仿佛永远分离，却又终身相依。这才是伟大的爱情，坚贞就在这里：爱——不仅爱你伟岸的身躯，也爱你坚持的位置，足下的土地。

这首诗歌相信很多女性读来都颇有感触，引起了广大的共鸣，所以在近代诗歌中，能被奉为经典。除了铿锵的语言，坚决的态度，更让人赞赏的，恐怕还是字里行间背后，那份现代女性的独立魅力——她们要求平等，不做任何人和任何一种感情关系的附属，她们也用自己的行动证实着：女人独立，不是为了向男性宣战，而是一种自我欣赏、自我尊重、自我实现。独立的女人，更有魅力。

这几年有个新的女艺人进入大家的视野：春夏。知道她，是2016年她因《踏血寻梅》的出色表演而获得香港金像奖影后开始的，那年她24岁，没有经纪公司和团队，第一次演电影就凭着一腔孤勇，在张艾嘉、杨千嬅、汤唯和林嘉欣等一众老牌女星中夺魁。剧中春夏饰演的王佳梅是个做着明星梦的港漂少女，迫于贫穷而走上援交之路，然而爱情的幻灭和生活的折辱让她想一死了之，让嫖客杀死了自己。真实的春夏是个童年惨淡、性格孤独的人，父亲因为判刑而死在监狱里，注定了她从小性格跟很多人迥异，野蛮生长，独树一帜。"噢，对了，我小时候喜欢偷东西和尿床。"2014年《左耳》招募女演员，春夏给编剧饶雪漫的自荐信里如是写道。

春夏从未料到自己会一夜成名，在此之前，她还是个480线的北漂演员，住在北京的鼓楼，一边寻找拍戏的机会，一边兼职当平面模特、发传单，在没戏拍的七个月里成天吃着泡面，即使生活清苦，也不忘参加形体训练，骨子里写满了独立和倔强。春夏是懂王佳梅的，从十几岁离家、漂泊、打工，即使生活坎坷清苦，依旧保持着自己的个性和梦想，不同的是，春夏比王佳梅幸运，她没有破碎和绝望，而是选择了恬淡和释然，不必依靠，不必寻找，去成为自己本身。她说："我要的是千万人中有人为我而来，舞台上有一束追光为我而开，我要天空为我点燃，大海为我铺开，我要成为你们成为不了的人，成为我本身。"

不管周边环境如何，不管外界眼光如何，女性想要获得豁达惬意，就要自发光，像一颗充满能量的陨石一样，所有在外界碰撞过的地方都变成一颗火球，熊熊燃烧。热情、自信、独立、美丽。

不负韶华，不负梦

马云创立阿里巴巴初期，宣誓阿里巴巴要成为杭州人的骄傲，所有人都在笑他。今天，没有马云，杭州就不可能成为现在的杭州，甚至上海为了失去马云有过一次痛彻心扉的讨论："为什么我们没有留住马云"。

对待创业者，尤其对待女性创业者，人们常常有句不算公允的评价"你想得倒挺美！因为，传统社会，对女人的期待是鼓励坠入早被安排好的网中，而对女人的成功似乎从来不算包容。不过，人们也在渐渐习惯，在还没做之前泼盆冷水，然后被打脸，喊一句"真香"。可万千的耳光打过，仍旧有很多人记不住：凡事的成功都需要最初想得很美。换句话说，连想的勇气都没有，怎么能创好业呢？

20多岁，我初做代购的时候，只是人人眼中普通的女孩，顶多是亲戚和邻居眼中"别人家的女孩"，有一份稳定的工作执念，自己的所见所达不会就此打住，如果有机会，一定要活成自己的骄傲。可热血的鸡汤，只在心中翻涌了一会儿，就停止了搅动。"想要见山见海，就要爬山过江"。如何在实现梦想的路上，先完成自己的一个个小目标，才是正道。

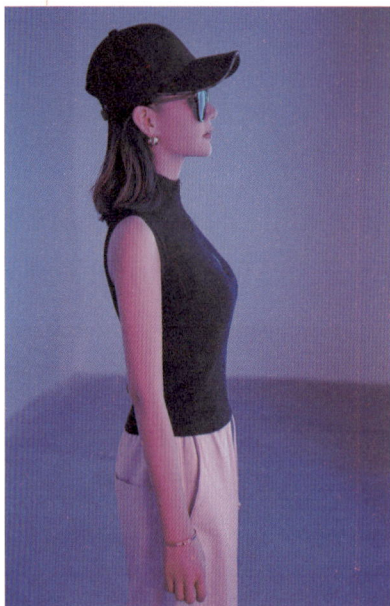

那时，代购在国内方兴未艾，但风险与机遇并存，我虽然已经靠稳定的渠道和高质量的商品，每个月都能做出不小的业绩，但也能明显地感受到整个行业发展的不规范与监管环境的逐渐趋紧。凭借自身对女性美容品、护肤品的独特嗅觉和通过代购摸索出产品销售经验，组建自己的团队、生产、销售符合国人体态和审美特质的产品，是条正途。但方向的确定不意味目标的实现，恰恰意味目标的倒逼。确定一个合理又有规划前景的目标，并实现它，是横亘在理想与现实间的距离。我已经不清晰地记得，为了组建公司，我跑了多少趟审批；为了明确产品的定位，我独自跑遍了多少个国家，调研了多久的市场，试了多少市场上的畅销品；为了研发出自己想要的产品，我跑了多少次研究所，对比了多少样品，联系了多少工厂；更不愿回想，为了能顺利开工、顺利投产、顺利走入渠道，顶着家人与朋友的不解，我不仅几乎耗尽了所有的积蓄，而且整个人都已瘦脱了形——那时的自己，与轻松和浪漫无关，每次赶完飞机回到家门口，先把整个身体挂在大门上，再把自己一步一步地拖回屋，瘫躺在地板上，望着窗外极目的黑暗，无数次，泪水浸湿了眼眶；但仍清晰地记得，每次身体喊着要放弃，心中的执念就召唤：宁愿要精疲力竭的辛苦，也不要没有理想的舒服。

为了目标而付出的努力，是女性在独立路上的代价，更是幸福的担当。这种体会，只有独立的女人才会惺惺相惜。所以，我喜欢张爱玲。世人较多津津乐道于她和胡兰成的情爱纠葛，却很少注意到，她也曾明确地在书里说，小说里浪漫梦幻的爱情，在真实的人生里是没有的，因此，女人如果只知道依靠，她就输了。她是这么说的，也是这么做的。她出身宽裕之家，爷爷张佩纶曾是手握重权的钦差大臣，但她极少对外人提及自己曾经显赫的家族背景，亦看不起父亲的软弱无能，决定逃离家庭，凭自己的真才实学去努力打拼。逃离家庭后的她瞬间失去了一切的来源，但好强的她先是靠着给报纸写英文影评，然后开始频频发表文稿，逐渐获得了稳定的收入。但即便是有着极强的写作天赋，她也没有因此荒废技能。为了写出好文章，她常常废寝忘食、不分昼夜，不但花费大量精力进修英语，还广泛阅读中西方著作，学习谋篇布局，增长见识。她的姑姑这样评价她，"无论是什么英文书，她能拿起来就看，即使是一本物理或者化学"。在这样的努力下，《倾城之恋》《半生缘》《色戒》，一部部带有鲜明张爱玲特色的经典作品诞生、分享、传播、流传，最终成就了"张爱玲"作为文学的符号。

在爱情上，独立的她也分毫不愿受人摆布，该追求的追求，该承担的承担，但绝不委屈自己、绝不亏欠自己。她的一生中有两段婚姻，和胡兰成的那一段是最刻骨铭心的。为了胡，桀骜的她也曾放低自己，在一张送给胡的照片反面写道："见了他，她变得很低很低，低到尘埃里，但她心里是欢喜的，从尘埃里开出花来。"可她从未做轻自己，在胡数次被坐实出轨，虽然心痛不已，但张爱玲最终选择了决然放弃，写下绝笔信："我已经不喜欢你了，你是早已不喜欢我了。这次的决心，我是经过一年半的长时间考虑的，彼时唯以小吉故，不欲增加你的困难。你不要来寻我，即或写信来，我亦是不看的了。"信里还附了三十万元，那是她写电影剧本的稿费，以做胡在外亡命时解除困顿之用。

不做轻自己，用独立让自己活出花来；也不作贱自己，在一段坏的感情中主动抽离，及时止损，甚至反手救济下曾

经的伴侣，这是半个多世纪前的女性，却鲜活得像个现时代的职业女性。波伏娃在她的成名作《第二性》中写道，男人的极大幸运在于，他，不论在成年还是在小时候，必须踏上一条极为艰苦的道路，不过这是一条最可靠的道路；女人的不幸则在于被几乎不可抗拒的诱惑包围着；她不被要求奋发向上，只被鼓励滑下去到达极乐。当她发觉自己被海市蜃楼愚弄时，已经为时太晚，她的力量在失败的冒险中已被耗尽。好在，我们已经远离了那个时代，我们现在也可以怀抱极大的幸运，就看你如何实现。

最高级的性感，是独立的灵魂

一期《快乐大本营》，邀请了范冰冰来做嘉宾。当大家都在讨论女星嫁入豪门这个老梗的时候，她却语出惊人，"我不需要嫁入豪门，因为我就是豪门"。

时过境迁，细细品味她与这句话的关系，似乎颇有况味。但至少，无论在当时的惊叹，还是今天、将来回顾的唏嘘，这句话都无比印证了一种会当凌绝顶的气度。不是在精神上高度独立的女人，即便她华冠丽服、艳压群芳，也是说不出这话的。因为它，代表女人最核心的美丽、最高傲的姿态，是女人最核心的格局。

会当凌绝顶，过去只在男人的诗里才有。便算是鱼玄机、武则天，也只是万千红尘中的一粟，独立，对于女人实在是太珍贵又太珍惜的难得。可现在，我们早已踏上巾帼号，男人不再是我们的主宰，而只是我们的另一半。我们拥有着独立的人格、独立的事业，以及独立的命运，独立这事不再分性别。

那么，愿不愿独立、能不能独立，只有我们自己说了算。可有些女人，即便面对星辰大海，也宁愿坐在被自己框死的小舟里；有些女人，即使蹚在不那么宽阔的河道上，也能步步为营，走出一路好棋，活出一盘好局。

带销售团队后，我接触了来自天南海北的姐妹，X小姐是我印象较深的一位，不是她有多高的销售天赋，也不是多漂亮的发展业绩，恰恰是她的出身。坦白说，她的背景很一般，来自五线城市，学历一般，家庭一般，容貌一般，在初入汴禧大家庭的时候，由于人脉贫瘠，甚至影响了她的发展前途。她的伙伴曾经善意又调侃地称呼她一般小姐。由于并不那么光彩夺目，我起初对她的印象也是"SoSo"似乎一般小姐就要那么一般下去了。一次年会中途，我偶然遇见了她，一开始出于对所有姐妹一视同仁的关心，和她聊聊近况，交流些事业发展中的瓶颈，以期给她些必要的引导和帮助，脑海中已经浮现出她"近来人事半消磨"的愁绪。但这个刻板印象竟然被她生生地弹回，因为从始至终，在她脸上，看不到颓丧，甚至看不到忧愁，读出的尽是潇洒甚至带有骄傲的模样。她说，姐，你说我这么一个平凡的人，竟然也有机会和大家一起优秀，我虽然优秀得慢一些，但你看，我最起码是为了自己在活，而且我还成长了呢。接着她兴奋不绝和我分享了很多进入团队后的第一次，第一次成功卖出产品，第一次让自己得到老公认可，第一次用卖出的产品给孩子交了学费……天啊，真的微不足道，因为每个加入团队的姐妹都能获得这份成功，但真的值得称道，努力克服局限，靠自己谋求梦想，然后一小步一小步地提升自己人生的宽度和广度，我感觉到了她一点一点向外散发的光亮，竟然开始感动我的眼眶，这是格局的力量。

同样作为女人，当时仅凭直觉我就愿意相信，虽然这份光亮还很微弱，甚至风一吹还会飘摇两下，但这份光亮会越放越亮，且绽放持久。因为它的化学底色，是自身对作为女性这个角色的清醒定位：女性是上天赐予的独立第二性，没有人可以剥走，自己更不能褪走。所以你可以是相夫教子、也可以是自得其乐，哪怕事业波澜不惊，却绝不能坐享其成、依赖成性、失去自我。

《欢乐颂》里的樊胜美是我可怜的角色，却绝不是我同情的角色。相比于我们那一般小姐，她有颜有才，却活出了卑微的样子。做着外企高管的她，有着让人艳羡的工作和被家庭拖累的生活，接触到他人富贵和想早日摆脱贫困的矛盾使她一门心思想要挤进更高阶层。这本没有错，谁都有追求更高层次生活的权力，但为了所谓的更高层次，依附男人、攀附高枝，进而放弃自尊的人格、摈弃独立的性格，明明可以光明磊落活出自己，却中游荡荡混成了个办公室油子。关关对她的评论很中肯，"这种档次的活动，她去了又能怎样呢？虽然人跟人是平等的，可这社会就是有阶级之分，无视阶级只会碰壁，努力做事，克服局限才是真的"。是的，没有独立视野的人，即使给她起万丈高楼，又能怎样呢。

与樊胜美有异曲同工之妙的是《我的前半生》中的罗子君，在晨钟暮鼓的日复一日中，她将互相尊重的伴侣关系活成了与被依赖的父女模式，由于没有自己的未来，婚姻只能靠两个人查岗与自证清白的交锋维系，然后变成了苟且的样子，最后失去一个爱人，丢掉一些东

西，被一些人否定，就觉得人生如临末日。樊胜美虽然出现在剧里，罗子君却映射在现实中。多少大都市的太太们还安躺于泡泡糖的梦中，没有醒过来，表面看来是缺乏自我，实则缺的是站位，是视野，是格局。不为拥护而绑架，不为依赖而迷茫，一个女人，只有活出了姿态，才能活出清醒的自己，演绎好主动的关系。

记得《无声告白》中有句话，是这样说的，"我们终其一生，就是要摆脱对他人的依赖，找到真正的自己"。我们的那位"一般"小姐，最近在事业和家庭上都有了新的收获。近两年，她陆陆续续给我微信留言，开心地跟我诉说，完全靠自己的努力，喜提了人生第一部车，带着老公，带着孩子第一次去了国外游。照片中的她，依偎在老公身旁，却不卑微，笑语盈盈，透着自信。她感谢我，给了她发展的机会，其实比起感谢我，她更该感谢自己，更该感谢自己独立的人格和坚持的磊落，因为所有的幸福滋润，是她自己挣来的。

我的那位"一般"小姐，活该活成让人艳羡的样子。

格局背后，藏着心中所向

  曾经经历一个场景，两位母亲在给孩子们看一幅图画，画中的小孩们衣衫褴褛，肮脏不堪，满满得一副落魄模样。一个妈妈说，"看，你不努力，就只能跟他们一样！"另一个妈妈说，"你好好努力，长大了就有能力帮助他们！"

  人与人之间的差异，源于思维方式的差异，成于格局的差异，最终体现于结局的差异。这其中，格局是连接过去与未来，现实与理想的中枢，更直白地说，没有好的格局，就误了过去、亏了现在，输了未来。

  更准确地解释格局，就是一个人的眼光、胸襟、胆识和内涵的综合布局。一个家庭妇女，和邻居买了同样的一件衣服，却发现邻居比她少花了20元钱，于是耿耿于怀数天，这就是20元的格局。如果她看到的是邻居为什么能以比她少的钱买到同样的东西，进而发现省钱的秘密，甚至赚钱的商机，就不只20块，达到了200块甚至更多。

  再大的烙饼也大不过烙它的锅，你可以烙出大饼来，但是你烙出的饼再大，它也得受烙它的那口锅的限制。我们所希望的未来就好像这张大饼一样，是否能烙出满意的"大饼"，完全取决于烙它的那口"锅"。一般的格局，站在多高，就只能看到多远，拥有多少，就只在乎得到多少。而好的格局，就是能突破现实的处境、看得更远，然后带上胸径和胆识，走得更高。

过去，女人在男人眼中，似乎总是没有资格拥有这种好的格局的。不是有这样一句俗语么，"女人啊，就是头发长见识短"。的确，在传统儒家伦理和礼俗秩序的影响下，曾经的女性要三从四德，要大门不出二门不迈，等等，有太多被人为披上的枷锁和禁锢。缺少了接触世界的机会，戴着镣铐是跳不成舞的。但现在的我们不同，身份的独立给了我们精神的自由，能不能拥有好的格局，全在我们自己掌握，全凭我们自己支配。

很欣赏杨澜，这个被福布斯评为全球最具影响力的100位女性之一的资深媒体人、企业家，凭着自身那份超然的自信和格局，活成了无数女人的精神偶像。1990年，刚从北京外国语大学毕业的她来到《正大综艺》面试。一名前辈犀利地问她，你觉得自己漂亮吗？杨澜笃定地说，"我不算漂亮，但也不丑。我觉得自己挺有气质的。为什么女孩子一定要漂亮？做主持人更重要的是要有自己的见解，不是吗？"惊呆一众知名主持人。这个女孩子不简单，果然，她很快就当上了《正大综艺》的正牌主持人，并凭着自身独有的睿智与魅力，帮助《正大综艺》做成了王牌节目。1994年，她获得了中国第一届主持人"金话筒奖"，就在大家都以为她会在主持人这个行当扎根的时候，她毅然选择了放弃现有的事业，赴美深造。那是个主持人很"吃香"的时代，尤其是央视的主持人，更是顶着金饭碗、吃着香饽饽。没人能理解她的决定，她却淡淡地一笑，"未来，好的主持人会有很多，但

好的制片人在中国还不多。"学成归国，她已是哥伦比亚大学——这个全世界最好的新闻高等院校毕业的天之骄子，但她没有拘囿于学习的专业，而是和老公一起创办了当时乃至今日最好的中国民营传媒娱乐集团"光线传媒"2010年，杨澜以70亿元身家登榜"胡润女富豪榜"。除此之外，她积极投身公益事业和社会公共事件，担任联合国儿童基金会首位中国形象大使、国际特殊奥林匹克全球形象大使和美国林肯中心中国顾问委员会主席、中国慈善联合会副会长。从一个"小主持"成长为大 boss，靠的就是她永远超脱当时所处环境的格局。

《芈月传》里的女主人公也是这样，无论是年少丧父，还是登临秦国之巅，从小芈月到芈八子再到宣太后，支撑她在纷乱的时局和政坛里坚持下来、赢得胜利的，主轴只有一条：永远高人一等的格局。正是这样的格局，为我做品牌提升了境界。从开始做品牌起，我就坚持一条原则，100分的产品，一定要用120%的态度去做。从一个产品的精细度，到一条产品线的质量，再到整个品牌美誉度的构建，都必须不仅着眼当下，更要看到未来。因此，从单一产品的研发到整个公司的管理，我都鼓励团队站得更高一点，看得更远一些，思路更加开阔一些。记得蜜诗摩尔品牌中的一个产品，投入研发前做调研的时候，发现市场上已经有同类的产品，但普遍是对欧美同类产品的模仿，质量不高。当时，研发团队的意见是，开发一款较市场同类优质的产品，但为了迅速占领市场，可能仅仅只能在产品质量上取得较大提升，而不能兼顾贴合亚洲女性需求等细节的需求，这么做本无可厚非，毕竟女性美容美体产品的市场瞬息万变，抓住机遇就是抓住一切。但我想到了做品牌的格局和站位，我和大家说，快速占领市场固然重要，但我们做的不是一时的产品，做的是长久的品牌。我们品牌的理念是，提供符合中国女性特质的品质产品。如果这一点格局都站不到，我们的品牌和其他又有什么区别呢？最后产品出来了，体现了我们一贯的品质，虽然投入了更大的研发成本，耗费了更大的人力和管理，但高一等的格局，我们守住了。

写到文末，想起最近很流行的一个段子：姑娘把新买的 iphone 放在钢琴上，她同学看到后说：真能装！不就买个苹果手机嘛，放这么显眼的位置。女孩子笑了笑说：我弹着80万的钢琴，你却只看到6000块钱的手机。女孩子妈妈对女儿说：你住着5000万的别墅，眼里却只有钢琴。女孩子的爸爸对妈妈说：你享用身价10亿的老公陪着，眼里却只有破别墅！女人的格局，决定了结局。你的眼光在哪里，你的世界就在哪里！

真正的精致，有风骨也有皮囊

作为变"美"事业的传播者和见证者，我始终认为，对一名女性最高级的夸赞，是：姑娘，你真精致。

精致和美具有同样含义，却存在两阶意义。美与精致都可以包括外在、内在以及人生，但只有自信的美、独立的美、内涵的美，才能称为精致的美。因此，对于精致，你可以说它包罗万象，但却比美更加珍贵。

精致的女人，一定要有精致的外表。我们常常被电影或小说里这样的桥段所迷惑，优秀的男女主角起初都是一副邋遢的外表示人，然后后半段的一鸣惊人来给予观众巨大的反差，让人感叹，但真正能有这样运势的人，恰恰都是注重仪表的。

没有人有义务透过你邋遢的外表，去发现你优秀的内在，就像一本封面看上去毫不起眼的书，即使它有引人入胜的故事、丰富的情节和巧妙的构思，但如果它就皱皱巴巴地躺在那儿，是很难引起读者的阅读兴趣的。许多电影里，优秀的男女主角在不断加深观者的印象。但是这些都是虚构的桥段，但精致的外表绝不等同于艳俗，它是基于容貌、又超然于容貌的优雅、时尚与美感，是相比于第一眼的惊鸿一撇，更在乎能否恒久萦绕于心的美丽。

我有个朋友，小时姿色平平，豆蔻年华后也仍是姿容一般，都说

"女大十八变"，但她的容貌似乎总像稚嫩的孩子，按我们朋友间的说法，缺了点"女人味"。她也知道，凭着素颜，也许很久也挤不上"美女"的行列，于是她努力学习化妆，学习如何保养，学习跟随潮流，更重要的是，对于精致外表的追求，使她严格制订自身的作息规律和健身计划，保证自己健康的身体，维持自己的身材，使她不断跟上时尚脚步，读懂潮流审美，然后化为生活中美的极致追求。至今，她的五官都不是朋友圈中最惊艳的，但她拥有清朗的精神和干净的面容，拥有对品味的高雅追求、对举止的严格要求、对细节的周密需求。每每遇见她，都被她的优雅、时尚所吸引。周边的男士，也都被她精致的外表所吸引，不是容貌的惊艳，而是气质的折服。

所以，永远不要低估一个外表精致的女人，你所看到的，远远低于你所能想象的。更何况无论天资多好，也总有衰老的一天，学会精致，好好打扮、维护身材，延缓衰老，增益自身，让你的男人、朋友交口称赞，让你的人生光鲜亮丽。

也许好看的皮囊千篇一律，但有趣的灵魂万里挑一。精致的女人，更要有精致的内在。最近很迷一部系列美剧《了不起的麦瑟尔夫人》。出身于纽约上流世家的女主人公——米琪·麦瑟尔曾拥有一段美好的婚姻，在家相夫教子，美丽的她更注重外表的精致，她会在晚上12点丈夫熟睡后，才起身溜进浴室卸掉精心打扮的精致妆容，敷好面膜后再上床睡觉，当清晨的微光从窗帘缝隙中照进房间时，她又悄悄起身，在浴室精心画好妆容，整理好发型，喷好香水，然后再静静躺到床上。这样，当丈夫醒来，丈夫看到的永远是她最完美的一面。然而，这么一位妆容精致的美丽女子，却仍在婚后的第4年，发现了丈夫出轨的事实。介入的第三者，是一名远没有她美丽、优雅的职场平凡女性，丈夫出轨的原因很简单，她的生活中心永远围绕着家庭、孩子，而他更愿意在事业上有个倾诉对象。与我们的生活多么相似的剧情，你总以为你为家庭付出所有他应感恩戴德，可偏偏他对你没有自我感到无话可说。

但麦瑟尔夫人吸引我，绝不在这些狗血的剧情。女人如果注定要被辜负，何不如自己活出态度。痛哭一场后，拎着酒瓶瘫坐在地铁上的她，没有了精致的妆容，却产生了个大胆的想法，要不捡起自己的专长，在更长的人生里重新出发。她找了新工作，白天在美妆柜台当导购充分发扬自己的长处，晚上去各个脱口秀秀场实现自己的梦想。一切都在步入正轨，更重要的是，那位美丽、优雅、自信，甚至带有一点傲娇的姑娘回来了。她先是在潦倒但同样具有梦想的女经纪人帮助下，获得了成为一名当时罕见的女性夜场脱口秀演员的机会，又在他人的善意与自身的努力下，坐拥了属于自己的电视"深夜秀"，最终成为美国电视直播史上极具代表性的成功主持人。当然，在这段奋斗史中，她也不能做到总是一往直前、勇敢无畏，世俗的流言和女性创业的艰难总伴随左右，尤其是当面对爱情与事业的抉择——她巨大的天赋与爱人的自尊形成巨大冲击时，她必须遵从内心，做出抉择，哪怕是做出一些看似很难理解的牺牲。

我们大可不必像麦瑟尔夫人一样，最后的抉择是扔掉美好的爱情和理想的丈夫人选，当一个单身母亲，在对女性并不友善的职业环境中实现自己的抱负。但应该清楚，所有女人，自她决定独立和自信地游走

在世间时，就必须认识到，这是一条失去与收获同样漫长的道路，挫折伴随成长，痛苦伴随喜悦，没有谁能割舍谁，只能承受。不过，不管怎样，我们都必须为自己击掌，当我们决定活出自己的时候，就是在雕琢一种更为有趣的精致，通过它，我们逐渐收获自信的美、独立的美、内涵的美，然后淡定、从容、豁达、大方，使这份精致反映在脸上，达观于心里。最后，敢于昂起头，庄重地向所有质疑宣布："你来或者不来，我都是我，体面地生存，骄傲地行走，我站得笔直，我活得潇洒，每一分幸福都靠自己赚得，人来人往，不为小情绪停步，因为我的征途是星辰大海。"。

　　女人如花，人生从不天生灰暗，去打开精致的窗，闪耀晶莹的光，无论何时！

你当温柔却有力量，你虽示弱但必坚强

弱字，造字的本意从弓，从彡。意思是什么呢？意思就是拉弓的弦松了。拉过弓的朋友都深有体悟，如果弦松了，就没办法有足够的力量把剑射出去。加上一个"示"字，示弱就是把自己弦松了的弓展示给人看。为什么这么做？是告诉别人，我没有敌意。这和拥抱、握手是一样的，因为握手拥抱都需要张开双手，告诉对方：我没有敌意，我没有武器。老子说："弱者，道之用"。但示弱就是真的弱么？如果非要我给示弱加入一个定义，我更愿意从什么时候应该示弱的情景去剖析。

有时候，示弱就是单纯的表达出自己真实的困难，向信任的人寻求帮助。传统教育可能宣扬的是"不甘示弱"，电影大师黑泽明曾说："我不过是个不愿示弱于人，因而不懈努力的人。"这种不服输的心态，本是正能量，是能使人自省和进步的力量。然而，日益复杂的社会形态使得人人都扮演多重角色。在公司是老板，回了家是孩子的父母亲，亲朋好友面前是能人。不知不觉，我们习惯了样样自己扛，"靠自己"是铁打的信条。这时候我们谈"示弱"，是因为我们背的壳又厚又沉，隔断了对自己和他人的柔软。殊不知，示弱其实是与自己的和解，承认并接纳自己，用示弱的方式分担信任，获得理解和帮助。面对那些可以绝对信任的人，适时地卸下心房又有什么要紧的呢？大胆的寻求帮助，但是同时我们内心应该清晰，不得已的示弱是一种策略，但是如果你处处示弱，大家真的以为你很弱了。该呈现我们学习力和能力的时候，千万不要掉链子。和情商一个道理，修炼不够，努力来凑，就是古人说的"笨鸟先飞"。

示弱是用温柔的力量对幸福进行经营。很多过分独立、不懂示弱的女性，有的是从小家庭条件不好，或者是家中老大，被迫坚强照顾弟妹和分担家庭压力；有的是从小缺乏亲密和充满依恋感的母婴关系，没有向妈妈撒娇的机会，或者撒娇不成功，无法完成安全的依恋；有的是不甘示弱，从小看到母亲被父亲欺辱，怨恨并同情母亲的软弱，觉得女性被压迫是弱者，所以她们非常努力，希望和男人一样强大，觉得柔弱是可耻的；还有的是受到父母的期待和重男轻女观念的伤害，父母希望自己的女儿独立、强大、优秀，不输给别人家的儿子，甚至给她们起的名字中都有"男"或"强"等字眼，所以女孩们像男孩一样成长，一样被训练，通过击败男性获得个人价值……

随着社会的进步，很多女性获得发展的机会，能够更大限度展现自己的价值。很多女性以为女人独立和平等就是像男人一样强硬、残酷、推崇竞争、承担很多不属于她们的责任，争夺权力不择手段，所以她们变得非常独立、强势，遇到困难从不肯示弱，甚至要求自己在体力上也像男人一样，肩能扛大米，手能拎起桶装水。这样的独立是一种"阳刚味"很重的独立，缺乏女性自己的阴性特

质，感觉是在模仿男性，或者说像男人一样。她们的内在还是虚弱、不自信、不安全的，需要通过这些方式刻意地去证明自己的价值。我特别想对她们说，其实也是对我自己说：你不必成为男人，你只需要成为你自己。

想起了我少年时代的一个好友。May从小的志向就是成为一个贤妻良母，结婚后，她把所有的时间和精力都给了家庭，家里事必躬亲，小到换灯修家具，大到子女择校、换车购房，所有的事情都是由她做主操心。夫妻两人都是工薪阶层，老公一个人养不了家，她还得出去工作，家事和工作，哪边都不能耽误。朋友们经常笑她："你总得让你老公帮你一下吧，这样惯着他不行哦！"她总是笑笑，说："他什么都做不好，算了吧！"多年下来，原本娇俏的May华发早生，一脸憔悴，她老公却乐得逍遥自在，什么事都一推作罢。本来年龄相当的两个人，同时走出去时竟有了姐弟的感觉。

后来，她老公居然还出轨了。May哭着问他："我这么多年为了这个家一直忙里忙外，到底哪里不够好，你要这样对我？"可她老公却说："你没有什么不好，就是太好了，让我觉得我的存在是可有可无的。你反正够坚强，自己一个人也能好好过，可她不行，她没有我活不了啊！"May告诉我，其实那一刻她自己也想告诉他，我没有你也活不了啊，我们的孩子怎么办呢。但她还是什么也没有说，离了婚，独自一人带着孩子生活。前夫很快跟新欢结了婚，据说过得还挺滋润，不久又有了一个孩子。

要强的个性，一方面像铠甲一样保护女人去成长，另一方面又把女人层层包裹，隐藏真实的自我、情绪和情感。时间久了，女人甚至无法表达自己的情绪，变得刚硬，变得不知道如何撒娇、如何示弱。女人原本独有的敏锐和柔软也在慢慢地失去，有时候甚至自己都无法感知哪个是真正的自己，是那个白天在职场冲锋陷阵的强大的自己，还是那个无人知道的在黑暗中默默流泪的脆弱的自己？我们一直以为自己很强，可是，强与逞强不是一回事。其实更多时候，女人应该问自己：我是不是在逞强？我会不会也像 May一样，永远不会向别人表达自己的需要和情感，不会撒娇，不会示弱？别人给自己的评语里是不是永远都有一个词叫"强势"？如果我们所有的强都不过是在掩饰自己内心深处的恐惧、悲伤和害怕，那么这就只是逞强，我们其实在用不示弱来掩饰自己内心深处渴望的爱和安全感。

现在满大街都在提倡女性独立，都在告诉女人"你应该更坚强"，但我觉得，是时候告诉女人"你要学会示弱"了。这种恰到好处的示弱，是比刚强更强大的力量，也是女人的魅力所在。放下所有的铠甲，告诉自己：我不要做一个冲锋陷阵的战士，我要做一个刚柔并济的女人。内心坚定，外表柔软，这才是女人的最高级别。适当的时候，对身边的人说一句"我需要你的帮助"，你会发现，这个对方其实也很享受被你需要的感觉。

示弱是不必时刻同对方正面较量，是一种需要学习的能力，也是一种灵动的智慧。坚强独立和示弱依赖不是矛盾对立的，坚强独立并不代表完全不依赖他人。一个成熟的人是灵动的，他有的时候可以坚强独立，有时候也允许自己示弱依赖。而且我们每一个人都是社会中的一员，都处在关系中，彼此独立又依赖才能促进每一个个体更好地发展。

我有个合作伙伴，是一个能干精明的强势女性，平常做事风格雷厉风行说一不二，职业素养非常高，产品专业度也是首屈一指。平常在自己的工作领域可谓是所向披靡，鲜少折戟，但是这位同仁却经常向我抱怨有个大客户老搞不定，对方是个大老虎性格，沟通的过程经常是为了两个不同的观点争执的面红耳赤，有时候甚至偏离了谈话的主题。我就劝她，不要光想着胜负欲，要让对方能同理到你的出境和为难。后来她就改了个方式，在月末或者季度末的时候才找客户，营造出一副最近非常苦恼低落的状态，并且告诉客户在业绩完成度上吃了大亏，近期的成绩特别不理想，如果可以是否能念在大家熟悉这么久的前提下帮忙渡过眼下的难关。没想到事情的走向柳暗花明，客户仗义买单，完成了年度最大的一笔订单。这就是适当示弱的智慧，示弱不是我们放弃努力想要依附他人，示弱是不用刚强的态度和对方进行太多的正面冲突和较量，比起情绪的输赢，全局的得益更为可贵和长远。我们常形容一种剑拔弩张叫作"针尖对麦芒"，这种锋利的状态其实对谁都不好。转换一个方式，适时的示弱，方是一种大智慧。

人的一生有两个重要能力需要学习，一个是独立自主的能力，一个是依赖他人的能力。会不会示弱，会不会健康地依赖他人，其实衡量的是你内在的安全感是否充分。示弱、撒娇、依赖他人是一种勇气，是一种信任，更是一份柔软。一个人如果有足够的安全感，他可以将自己柔软的部分向别人敞开，他相信别人，相信自己，也能够共情别人，感受到别人的感受，也能够让别人感受到自己的感受，从而与人很好地建立起爱的有意义的连接，让自己内心充满活力，情感丰富而不再孤独无助。

有趣的朋友圈，是夏末温凉的风

　　因为亲自带领销售团队，我加了不少姐妹的微信，一并通过在朋友圈观察她们通过微商渠道营销产品的状态。久而久之，发现一条规律，那些在朋友圈里有着良好互动的女孩，多半用温暖和善良传播理念，现实里也都可爱与讨喜，而朋友圈里反馈不多的，往往是单纯的产品信息，看不出关系的维护，透不出丝毫的"人气"。

朋友圈是个赛场，比拼着你的气场和活力，那些活得恣意盎然的，都是些有趣的灵魂，因为他们知道，拥有怎样的关系，就能站在多高的格局。在诸多关系中，怎样处理好与朋友的关系，是最重要的一环，否则，你的朋友圈就只会剩下自我标榜的圈子，而没有真心待你的朋友。

　　听过这样一段故事，一个男人买朋友家的房子，朋友以很实惠的价格转给了他。但男人的妻子说，你们不是朋友嘛，关系这么好。旧家具什么的，一起送了吧。朋友念情，行，买房送家具，全套。女人又说，利息这么高，就不要走贷款了吧，我们把尾款慢慢给你吧。朋友想了想，也同意了。男人妻子还不满意，撺掇男人买了点水果，登门说明来意，干脆把零头也抹了吧。朋友当场翻脸："房子不卖了！"我看，非但房子不卖了，连朋友也不能再做了。朋友是这样一种存在，比起合伙关系，它多了份感情；比起亲人关系，又少了份血缘，因此，朋友关系关乎彼此的平等与真心，需要维护，而不是透支。现实生活中，大概不会有朋友处得像故事中这样直来直去、傻里傻气，但无形中我们是否也曾透支过与朋友的关系。有钱的朋友和你吃饭，请你一次宾主俱欢，请你两次理所当然，第三次不请客了，竟暗暗地还有些责怪；有事需出门一段时间，请朋友帮你照看宠物，非但不有所感念，还指望她帮你猫砂、猫粮准备得一应俱全……总想着索求，而没有给予，这样衡量与朋友的关系，就像被过度捕捞的鱼塘，总有一天友情散尽，只剩下一潭死水。其实，不止朋友关系，与任何人的关系都需要打理，没有人天生就欠你的，包括咱们的父母。

　　处理好与自己的关系，则是最核心的一环。如果说与朋友相处要懂得衡量，那么对待自己，就要善待内心的一方纯真。有一位姑娘，名叫窦靖童。从做童星开始，她就一直被误读，有说她的成名是靠爹和妈，毕竟窦唯和王菲，是娱乐圈大咖级的存在。也有说她除了特立独行什么都没有。回国发展后，她的一举一动更是被过分解读，娱乐圈和八卦圈早已为了准备好了"星二代"的标签。可我们渐渐发现了，她其实并不符合"星二代"的设定。今年的北京卫视跨年晚会上，现场温度突降到了零下20多度，很多上台表演的明星不得以临时缩短了表演安排，但只有她戴上雷锋帽，穿上军大衣，鼻子通红，瑟瑟发抖地坚持把原定表演的四首歌全部唱完，唱到兴处，她还摘掉了雷锋帽，露出一个小光头和一张酷酷的脸。尽管声音还很青涩，歌唱功底还很稚嫩，但笑得天真好看，眼波清澈明媚。拥有这样的家庭背景，她可以选择不那么拼，至少在天气变化剧烈时，可以像其他明星一样，少挨一会儿冻，少唱几首歌，然后约几个朋友一起去 party 迎接新年。但她选择了尊重观众、敬畏舞台，保持对待表演的朴实。在与陈可辛的对话中，窦靖童这样阐述自己的人生观："我不想完完全全按照社会框架的这条线走，但我也不想做一个愤世的人。社会不会根据你一个人的感受去改变。所以我觉得最好的方式是，你在这个社会给你既定的这条线外，找一条属于自己的平行线，你要活在这个社会的大环境里，但可以保持一点点距离。"内心纯真的姑娘，保有最朴素的坚守，灵魂一定是温良的，她的朋友圈也一定是有温度的。

面对自己、面对朋友之外，我们面对的是更广阔的世界。这个世界充满善意，但也不乏恶意。生活在芸芸众生中，难免会受到无端揣测，更常常会因为利益和角度的不同，产生矛盾。这个时候，我们是尝试逐一解释，凡事争个是非，还是耳清目明，以做好自己来代替回答？相信聪明的人一定会选择后者，因为在大千世界中，能真正掌控的只有自己。与其花费时间搭理非议，不如用心去做自己该做的事情。我的一个朋友 A，高中时，她的同桌是个让人讨厌的男生，一天那个男生用挑衅的语气说，我觉得你就是贱，X看见有男生打你的屁股，你不但没生气，还在笑。朋友惊怒，和他争吵，但那个男生向来讨厌，她的生气反而成了男生的笑谈。过了几天，当她下自习时，突然被一双手拍了屁股，当她惊恐的回头，发现拍她的是好友 B，当时 A没有多想，便当没这回事地走了。没想到，第二天，那个讨厌的男生竟然当着全班的面说，A就是贱，B都说了，她亲自验证了，你就是被摸了反而会笑！"这是段伤心的往事，被好友出卖任谁都会义愤填膺，更伤心的是，为了黑朋友，他们甚至可以颠倒黑白。可这件事，也让朋友 A逐渐明白了，在非议面前，试图争辩是件多么可笑的事：那些怀疑你的，不管你有多么真诚，你就是谎言；想弄污你的，不管什么是真相，他就是真相。解释不但没用，还会让他们觉得这是一种迎合。这个时候，只有先用自娱的精神让自己闭耳，然后通过自己的足够强大让人闭嘴。做最好的自己，独一无二的自己，一切自然清静。

就像金星所说，"我拼命地想先得到事业上的成功，只有先做一个成功者，社会才有可能接受我的与众不同"，与世界最好的关系，是与它和解，不委屈自己，不迎合非议。

比女人味更高级的，是"女子力"

　　时髦的都市女性最近常常聊起一个词：女子力，我对这个话题也颇感兴趣。女子力，这个词最早源于日本，对它的定义是女性善于发挥自己作为女性的长处（如温婉、美丽、优雅、细致等），从而获得周围人青睐以及赢得自身成功的能力。有媒体曾以"什么样的女性最具有女子力"为题发起了一项街头调查，得到了两种最具代表性的观点：一是注重个人成长，关注时尚，能将时间和精力花在自己感兴趣的事上；二是注重外貌细节但又不过分刻意，具有广阔视野的女性。这个调查传递的无外乎是现代女性的一个趋势：选择最适合自己的，而不是大众界定的所谓的最好的。你最特别的地方，就是你可以掌控自己，问问你自己真正想要的是什么，在别人评价我们的时候心如磐石，真正活出自己的女子力。

　　女子力这个词其实是社会进步下的一个产物，区别于古代"女子无才便是德"的那一套糟粕自然不必说，女子力尽可能地呼吁和倡导所有女性发挥自己身上所有女性的长处和特性，同时更加倾向于宣导一种个体的独立和对女性特质的挖掘。女子力大抵就是从女性身上不经意的传递出来的一种精神。它无声无形，却足以让女生们有力量去迎接自己想要的样子，会让女生们不仅注重自己的外貌细节，追求时尚，又能让

她们投入更多的精力与时间，在有意义的事情上面，当这些交织在一起时，便成为一种永不褪色、独具魅力的女子力！因此，女子力也是女生身上的一种高级美！

如今，在自媒体流行、消费欲旺盛的商业环境下，很多时候女性的美被物化得特别具体，很多女生对于高价的奢侈品和物质化的生活方式趋之若鹜义无反顾，但真正能走得久远的，往往是那些有态度的美，女子力满满的美！流于表面的美会随着岁月的蹉跎而消逝，物质构建起来的美也容易随着外部环境的变化而陨落，女性真正的美一定是她追求真善美，追求自我提升所带来的深层次的自我认可和外部认可，一切的美好若没有灵魂就如无根浮萍。

到底什么样的女子力是我们应当向年轻人推崇和用以激励自己的？我举几个让我很有触动的例子：

董卿的美，虽不是令人惊艳的类型，却极其生动。以往我们看每年春晚没有太大感觉，而在看她主持的《中国诗词大会》《朗读者》等节目才更有感触，多半因为当她在解读文学时，呈现一种沉浸的状态。归根结底，还是源于对文学作品的理解、投入、专业，以及人生历练吧。董卿曾说："假如我几天不读书，我会感觉像一个人几天不洗澡那样难受。"即便工作再忙，董卿每天都会保证一个小时的阅读时间，直到今天也是如此。她说："读书让人学会思考，让人能够沉静下来，享受一种灵魂深处的愉悦。"诗词大会的一位选手曾这么赞美董卿的博学和优雅：所谓美人者以花为貌，以鸟为声，以月为神，以柳为态，以玉为骨，以冰雪为肤，以秋水为姿，以诗词为心，吾无间然矣。（引自张潮《幽梦影》）

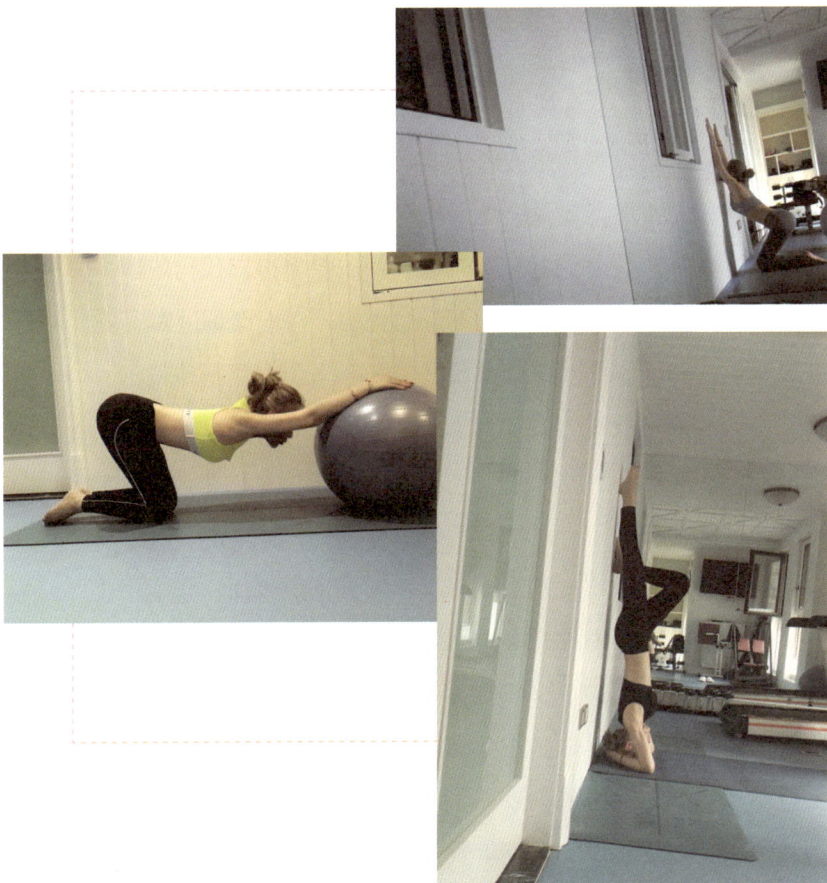

　　我的瑜伽教练，是一个专业、优雅、有气质的女性，她告诉我：因为职业的要求，我对瑜伽并不只是喜欢而已，更多是要热爱，所以喜欢和热爱在本质上就会出现区别，看似一个漂亮的动作，看着动作漂亮，我们可以喜欢，可以欣赏动作的美，但如果你想让自己的动作做出来也是那么美，你就需要努力的训练，在训练的过程中，你会发现很累，在开始的时候还会很难坚持，所

以这就是热爱，并非你通过一家短期的教练班培训，你就真的能成为一个教练？想做好一名优秀的瑜伽教练或者私人教练，你先要懂得热爱，还要懂得投资，投资学习，投资自身的修养，从而走上时尚的路线，还要懂得向优秀的人学习。没有任何一个行业是不劳而获的，每一个职业都需要尊重，尊重职业就是尊重自己。多年来她一直坚持做到：每天至少自我练习2-4小时；先让自己美起来，身材好起来；每年外出学习2-4次；每天保持1-2节会员课；随时改进自我练习。

晚年的撒切尔夫人曾坦言："如果时光能够倒流，我绝不会步入政坛，因为我的家庭已经为我的从政之路付出了过高的代价。"撒切尔夫人一生醉心政治，虽然有丈夫丹尼斯的理解和支持，但她在儿女成长过程中的长期缺位，却使得她与一对儿女的关系很不和谐。女儿卡罗尔自小性格独立，缺少母亲陪伴的她成年后与母亲非常疏远，在母亲忙着处理政务的周末，卡罗尔常常陪伴父亲一起度过唐宁街10号的寂寞时光。她曾说："母亲一生最爱的只有两个：一个是唐宁街10号，一个是父亲丹尼斯。"女儿的疏离，让急于弥补亲子关系的撒切尔夫人将一腔母爱过度地倾泻到儿子马克身上，却导致自小不学无术的马克，成年后常常凭借母亲的头衔惹是生非。马克参加汽车拉力赛在沙漠中迷路，撒切尔夫人联系各国政府帮忙寻找儿子，并出动四架侦察机、一架直升机和多组地面部队搜救。后来，不消停的马克又因涉嫌资助赤道几内亚反政府武装政变在南非被捕，早已卸任多年的撒切尔夫人不得不亲赴南非"捞人"。丈夫去世后，撒切尔夫人晚景凄凉。弥留之际，房间里摆满满了丈夫和儿女儿子、孙辈的照片，身边却连一位亲人都没有。无论是被她忽略了的女儿，还是在她的过渡溺爱下不成器的儿子，都没有来送她最后一程。撒切尔夫人的是举世公认的成功政治家，但是她的"女子力"却呈现的不够完美，她是一个优秀的领导人，一个好妻子，却不是一个成功的母亲。

"女子力"有很多个侧面，可以是智慧，可以是坚强，也可以是温柔。在这个世界上没有一个人是完美的，即便那些看似完美的人，也一定有不为人知的苦衷。我们提倡"女子力"，并不是要苛求完美，而是希望每一个女性都能够在这个物质和欲望纵横的世界里，既能迈开前行的脚步，又能时刻照见自己真实的内心。

当你感到疲累的时候，向内望一望，给柔软的灵魂找寻一个温情的港湾。当你感到空虚的时候，向外走一走，让骄傲的心灵找到最适合的社会属性。毕竟，女子力，才是女人的终极魅力。

有的人，爱上了唯我独尊，唯独忘了自己是谁。

有的人，习惯于佝偻卑微，也唯独忘了自己是谁。

珍重自己不等于自私，

尊重他人请勿放弃自己。

秋景宜人，始于共享美好，彼此尊重。

秋实丰硕，源于自主平等，共同努力。

秋实篇

岁月更替，花开秋实

自爱兼爱人，达观且自在

深感惊喜与使人惊喜

　　世上只有两件有价值的事：深感惊喜和使人惊喜。诗人波德莱尔如是说。

　　无论女神还是女汉子，在女性这个性别里，都有共同的追求——活在别人眼里。这固然是一种好的选择，因为它激励你有所追求，但如果生命仅仅在于追求，那么路边的风景再美也与你无关。在追求之余，我们也可以选择分享，把好的生活、好的状态，甚至仅仅是一次温良的笑意，传递给他人，和大家一起创造生命里的美景，这也许是与人生更美的邂逅。

　　在佛说里，把个人圆满称为小乘，把普度众生称为大乘。我们也许一辈子也达不到大乘的境界，但尽可能地与接触到的世界相遇、相知、相互拥抱，是我们能影响世界，也使世界能更好地赐予的福报。很多年前，我的世界里，占据几乎全部思绪的也是追求个人的锦绣年华。起初为了追求更好的生活，我开启人生第一次创业，接着，为了尊重自己的独立梦想，我开启第二次创业历程，当物质与精神都拥有了更丰饶的舞台后，我开始思

考，下一站，我能做些什么，生命交给我遇见的还有其他吗？

一次，在街上偶遇中学时的同学。那时的她，美丽，成绩好，虽然不和我同班，但却是大家公认的班花，几乎夺走了女生所有的色彩。我们有的嫉妒，有的羡慕，但更多的是一种深深的距离感，因为清高的她，似乎不会和我们有太多的交集。中学毕业后，我们分道扬镳，只断断续续地听人提起，她上了远方的大学，工作又找回了家乡。眼前的她，虽然依旧美丽，但面容憔悴，眼里散不出光彩。她看到我，很吃惊，然后猛然低头，躲开与我的注视。良久，才抬起头，脸上挂着尴尬的笑，喊过我的名字，"真巧，竟然能在这里遇见，你变化真大，一开始我都没认出你。"你也是，我爽朗地笑着，开心地回应。紧接着，又是一段长长地沉默，我感到了她的落寞，便邀请她，有空的话，一起喝杯茶吧。她躲闪、推辞，最后匆匆加了个微信，就分别了。我的思绪飘回中学时代，那时的她，是多么闪亮啊。虽然话也不多，但处处都透着自信，仿佛所有女生和她相比，都是丑小鸭与白天鹅。可现在，非但看不到自信，甚至还有些自卑了。是什么改变了她？我不能揣测，也不敢揣测。

她的朋友圈不常更新，更新的也很少关于她的生活。从她的朋友圈里，我只能推测出，她工作压力很大，丈夫也似乎在她的生活里缺席，很可能遭遇了"丧偶式带娃"。除此之外，一切和曾经一样，有着深深的距离感。直到有一天，她竟然主动给我发微信，说第二天要到我公司附近办事，有空的话，能不能中午吃顿饭。第二天中午，我们如约相见。与上次见面的仓促不同，这一次我和她都施了精致的妆。她似乎有话想和我说，但欲言又止。直到踌躇了很久，她才缓缓开口，她想和丈夫离婚。在慢慢地倾诉中，我终于知道了她的故事。

她的先生，是家人介绍认识的。她有容颜，他有家财，是外人眼中很登对的组合。婚后的她，一开始为了家庭辞掉了工作，全力相夫教子。但她的先生，在"丈夫"的角色上却扮演得并不合格，隔三岔五夜不归宿，对待妻子和孩子也常常不闻不问。为了孩子，她选择了忍让，加之几年工作的空窗期，使得她找工作并不顺利，这种关系维持一久，她就失去了自我。上次见面之前，她终于找了一份工作，决心首先在经济上离开丈夫，等孩子再大一些，就带着孩子彻底离开这个他。虽然在她的叙述中，故事简单平淡，但我能听出所有的辛酸苦楚。女人啊，总是在夫妻关系上受挫的一方。她为了家庭放弃所有，男人非但不懂理解，不懂感谢，反而一再伤害，这样的"渣男"，该离，但前提是自己要足够独立。

那天晚上，我躺在床上默默想了很久，"第一，你要尽一切努力，让自己活得幸福；第二，在你获得幸福的同时，要给别人幸福。"在找寻人生新的使命的当下，上天安排让我遇见她，这是福报。我用很委婉的方式告诉她，我现在从事的事业，需要得到她的"帮助"，我会把我的经验都传导给她，她也可以不必辞掉自己的工作，利用业余时间参与，但是一定会更加忙碌，能否平衡孩子和事业。我把利弊都说与她，由她自己选择。她考虑了没多久，答应了，至今仍清晰地记得她在电话那头，很轻但很坚决地说出的话，我已经没有什么好失去的了，这几年我没为自己活过，从现在起我要为自己活。

彼时，我已经有了很成熟的团队，但我一有空余时间，就从最简单的进货、宣传开始，给她讲解，她很聪明，也很有悟性，不多久就能独当一面，又过了没多久，把这份小事业已经经营得有声有色，渐渐地我看到她脸上的笑容多了起来，也恢复起了当年自信的模样。如今的她，事业平步青云，家庭也维系得更加牢固，因为她已经无须计较她先生的态度，她自己已足够强大。在她人生重新起航的路上，我只是把推力，她个人的努力比一切产品销售、管理的案例都重要。

最近几年，由于业务越来越繁忙，我渐渐把产品生产和公司管理的细节交给团队，但销售团队一直用力地抓在手上。重要的原因就是我通过与她相遇而获得的一份初心：尽自己的努力，让自己活得幸福；尽自己的可能，帮助大家幸福——不仅是豪车洋楼的幸福，更是活出自己、赢得命运，真正活在别人眼里的幸福。

每个女人，都值得拥有更好的未来。我给予机遇，你负责幸福，这是我成立汴禧的初衷，也是我将用一生来实现的追求。

生活本身就是一场流动的冥想

　　爱上冥想，历经数个年头。一说起冥想，很多人想到的都是，每天在固定的时间段，静静地坐着练习，通过数呼吸、身体扫描等方式，来提升自己对意识的觉察，变得更加专注，不容易走神。

　　我初接触正念冥想，常常会冒出很多负面的感想。腿坐久了会酸，屁股会痛。身上会发痒，老是忍不住克制自己挠一下扭一下的念头。比起身上这些感觉，心里的想法也许更为烦躁，也更为层出不穷："坐在这里有什么意义？""几点了？""我明明有那么多事没做，却在这里待坐！"当下觉得并没有什么神奇的体验，仍旧是一地鸡毛。也许是我缺少冥想的慧根？一种自我怀疑的念头油然升起。尤其再看身边其他人，端坐时是那么沉浸，那么肃穆，那么放松。我感到很羞愧：难道只有我是这样的一个俗人？我要怎样才能进入"正念"的境界呢？

后来我得到一个机会去解答这个疑问，正念减压项目的创始人正好来交流，我向他请教这个问题。他的回答让我很震动。他说：你这样就是正念了。我愣住，以为他是在随便敷衍。我说：正念不应该是很深层的内在体验的吗？他说：正念没有什么"应该"的样子，正念是"本来就是"的样子。啊，像废话一样的真理。但我还是没有想通。我问：我平时生活也是这样的啊。为什么现在这样就是正念，平时就不是？卡巴金说：平时我们很少觉察。"觉察"这个词，他一直挂在口头。听起来是一种很高的境界，但那一刻我才恍然大悟，觉察是什么呢？说白了，就是沉浸在我那些庸碌和琐碎的同时，带着觉知，去观察"我"的那些庸碌和琐碎。对啊……这就是"我"啊！

很烦躁？但这就是我啊。

很难过？这就是我啊，我就是难过啊！

对自己很失望？这也是我啊，我没法不失望啊！

那些烦躁的，不安分的，不断涌动的心念，就是"我"这一刻如实的样子。没有好不好，该不该，它就是本来的样子。当我看到这一点，反倒可以安静下来。

有一天，看到另一个大师写了一篇文章，意思惊人的相似，说正念没有那么高深，学会一个字就够了。是什么字呢？他说：就是"哦"。"哦"的一声，就是觉察。哦，我看到了——很温和。这样一来，正念冥想就可以运用在生活的每一个时间，每一个场景。等车的时候可以正念，排队的时候可以正念，做PPT的时候可以正念，健身的时候也可以正念。任何时候回过神来，看一眼自己的状态，都可以说一声"哦"。哦，我刚刚走神了。哦，我的胳膊有点酸痛。哦，我又在怀疑自己能不能坐得住了。哦，我又在懊恼过去了。哦，我开始担心明天了……觉察到这些，就很好了。

生活本身就是一场流动的冥想。冥想练习，也最终会融入我们每时每刻生活的当下。冥想，只是一种让我们的身心连接，回归当下的过程。我们每天都有很多事情要做，重要的是，我们能否一直保持"正念与专注"的状态，在每一件事情上。在每件事情上，保持当下的状态，其效果类似于深度创造——写作或绘画中，产生的心流状态。但这种高度的专注，并不代表着紧绷、呼吸急促，相反，它会让你变得越来越放松。放松是一种难能可贵的人生状态，它让我们的判断更加清晰，思维更加自由。我们总是在做一件事的时候，频繁地走神，反复折腾，到最后，事情已经寡淡无味。慢慢地，我们似乎对什么事都提不起兴趣。而在彻底松绑之下的专注，会让我们深度体会到当下正在做的这件事，究竟有着怎样的魅力。

一天之中，只要我想，我就随时开始我的冥想。早起刷牙时，觉察牙刷与牙齿的接触，牙齿受到了些许牙刷带来的压力，还有牙膏生成的泡沫，对口腔的刺激。在刷牙的三分钟时间里，不要去想接下来一整天的工作，今天有什么日程安排，用专注于当下的三分钟，来开启崭新的一天，你会有不一样的收获。吃饭的时候，觉察食物的色香味，感受食物和口腔接触的感觉，而不去想接下来要做的事，要不要边吃饭边看个电视剧，甚至是因为这一顿又破坏了减肥大计，而陷入深深地后悔。写字的时候，专注于觉察笔尖在纸上划过的沙沙声，手与笔接触的感觉，手是如何带动笔一笔一画完成每一个字的，不需要去想任何跟写字无关的事。

我尤其喜欢晚上散步时冥想，觉察脚底与地面的接触，让自己每一步都走得很踏实，腿部和胳膊是怎么协调配合，还有步幅、速度，手臂与衣物来回地摩擦。再把意识放出去，觉察周围的环境，有没有风，有什么声音，周围有什么景物。不断地把意识放出去，收回来，对我来说，是从不同的角度感受当下，理解世界。

除了对于"每件事"的冥想，我还享受于什么也不做的"空白时间"。有时候练习静坐冥想，很长时间都进入不了状态，那就放弃，去做别的。冥想教会我最多的，不是坚持，而是接纳，包容自己有不好的状态，会有挫败感，迷茫的时刻，不要责怪自己，和自己玩个游戏，让一切变得有趣起来。在空白时间里听雨看雨，雨声是多么天然的白噪音啊，听它落在屋檐、地面所发出的不同声音，雨有形状吗？它落在皮肤上是什么感觉？有风吗？还是闷闷的？一下雨我就喜欢趴在阳台上，在雨声里，进入高度专注的心流状态，结束之后，我感觉自己刚刚经历了一场深度放松的休息，很舒服。

之前有位朋友告诉我："我可能是受流行歌感染太深了！我现在一看见下雨，就想起很多往事，我就变得很惆怅，陷入对往事的追忆中。"这其实就是为什么，我们大脑中会出现那么多杂

念的原因。只有不念过去，不畏将来，专注于当下，专注于事情本身，我们才能获得极致的专注。

面对每天源源不断的工作压力，琐事缠身的细碎生活，在当下回归最简单的事情，对我们来说，已经变得越来越困难。只有不断地在每一个生活片段中去练习，让冥想成为像呼吸一样，随时随地的存在，对我们来说，才是真正理解了生活的本质。别把生活过成一场战争，让它成为一条甜蜜的河流，让自己深深地喜悦和赞叹于，每一个当下。随时随地，希望你也试一试。

宽厚温良，你是人间至善

　　宽厚二字，在我的处事原则中一直都是摆在首位的。记忆里的小时候，父亲总是将两句话挂在嘴上："宽厚养大气，情义养人气"。人生的前二十年，这俩字对我触动并不大，无非就是少一些鸡毛蒜皮的纠葛，多一点风轻云淡的潇洒。与人为善，心怀纯良，遇事少苛求他人，吃亏多想福祉。但是随着企业渐渐做大，需要担负的责任越来越大，需要思考的维度也越来越宽。

　　保持原则，保持初心，在锱铢必较的商业领域似乎显得尤为困难，也就尤为珍贵。因为身处掌舵人位置的我不光要对自己负责，也要对员工和用户负责。商业的本质就是货币化，所以每个人付出的时间、劳动都是可以转化成执行力的游标卡尺，进而核算成公司效益的。当然，这个效益有正就会有负。对于为公司作出贡献，带来效益的员工，我们除了给他应当获得的报酬，更要从长远的角度为他规划额外的激励机制和上升通道，因为我相信人都是感恩的、感性的动物，我们的最大共识是在顺境能共享红利，而在困境能报团取暖，这个团体越大，忠诚度越高，未来的商业价值和可能性也就越不可测量。

　　一直以来，在我的理念中，我深信磁场是能同频共振的，员工也好，合伙人也罢，既然能相互吸引走到一个企业的序列里面，那必然是有相似的属性和共同的理念。那么我就要尽可能地展示我的诚意，与这一群信赖我认可我的人形成更深厚更广阔的链接。同样的，我认为，领导者的担当力和慈悲力更是能感化员工，快速消除隔阂，提高员工的追随力和忠诚度。我们常说的"感化"就是这个意思，适时地对心灵施加影响，扫除迷惑，安抚创伤，引导内心的积极力量，塑造恰当的行为模式，维护尊严，让工作存在价值和意义。感动和点化是两个动作。何为感动？在对方认为没有退路的时候轻轻抛去橄榄枝，就是感动。何为点化？在对方意识到错误并且承认错误的时候，给他一个改进的机会。

　　在企业里面，如果一个员工犯了错，甚至是犯了大错，这个时候，相对于"杀伐果断"的一刀切操作，我个人更倾向于"用人之长，容人之短"的处事理念。越是临大事，越是心念有大波动，越要提前平复自己和抽离自己。不要把所有的问题看成简单的一个人的错误，从一个管理者的担当力出发，尽可能地弥补错误和解决疏漏，然后才是问责。问责的方式我也是启用了一个创新的原则：新员工，少追究，给机会；大事件，观全局，轻处理。这个原则可以从两方面看：给新人更大的成长空间，而不是一味地责罚，这样她未来行为处事就会更妥帖，长远来看不管是对自己和对公司都是有益的。"人人为我，我为人人。"滚滚红尘，人与人之间有着千丝万缕的联系，没有谁能够不食人间烟火，超然于世。另一方面，当公司遇到一个大项目操作大流程的时候，如果单一的流程和环节犯了错误，应该系统的反思整个流程的配合度和跨部门的沟通，而不是割裂地看待，这样错误环节的责任人我也会相对的给到一些宽容。

哪怕有人因为种种说我太仁慈，我也只想一直坚持这个初心。宽厚是我的立身之本，良善是我的处世之道。我也听过很多大企业的管理之道，同样也听说过不少开端气派、结尾草草的创业故事，可是我清晰地知道，这都是别人走的路；我理想的创业不是这样的，我更希望当个温柔又宽厚的人，带着这群把生命中宝贵的东西托付于我的人，一起绕开路上绊脚的石头，很平和、很踏实、充满安全感地走下去。

　　企业从小到大逐步发展，员工经历数量上由少至多的增长，难免不会在工作中犯下一些大大小小的错误。今年刚入职的新媒体岗位员工

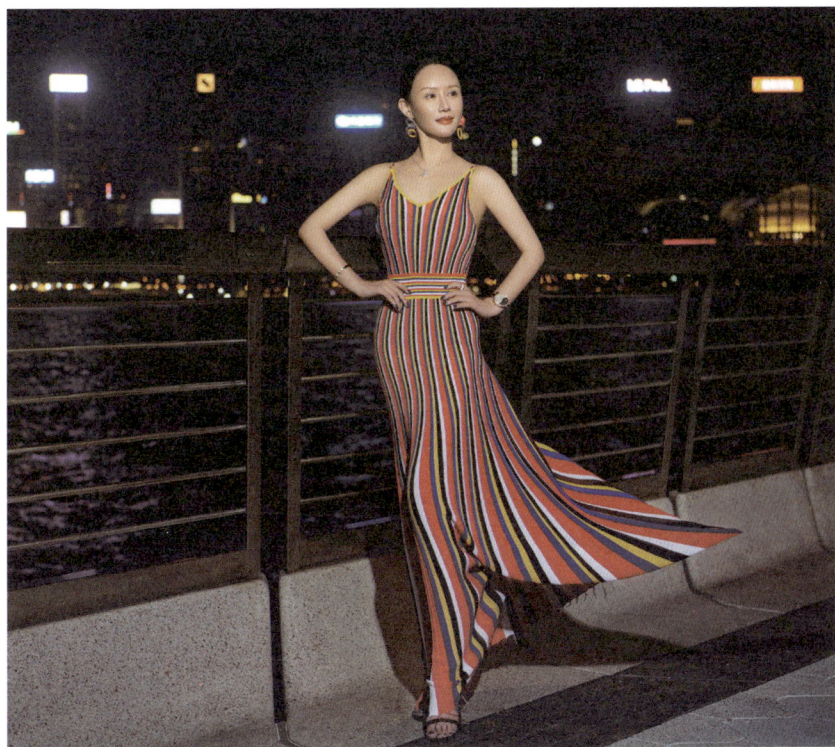

A，在做朋友圈文案推广的时候，犯了一个特别明显的描述错误，在公司内部造成了很大的损失及骚动，当时很多代理跟总部发出抱怨要求严肃处理，但是鉴于她刚刚入职，我没有多加苛责及处分，也只是严厉批评其工作习惯及不严谨的作风；另一个员工B在去年12月份某活动的现场，因为没有反复复盘整个流程，在活动环节没有结束的情况居然进行了谢幕致辞，当时包括我在内的所有现场的参会人员都惊慌失措了，最后我只能临时决断亲自上去跟所有与会的代理商致歉。会后我顶住管理层要辞退这位负责人的要求，给了B一个降薪降职的处理结果。于情于理，其实我是可以严厉的处罚这两位的，但是考虑到种种客观因素和行为处事原则，我并没有。

宽厚养大气，大气做人，能容人之短、容人之过。懂得忍让，懂得吃亏，被误解也不会反应过度，受点伤害也不会以牙还牙。新人入职，犯了一个错误，与其一棍子打死，不如让她从此都能长个心，办事多考虑周全。情义能养人气。人生有涯，情义无价！有情义的人，重朋友重感情，不会"人走茶凉"，时刻准备着与人"相忘于江湖"。有情有义的人，珍惜人与人之间可遇而不可求的缘分，心里总是装着别人的好以及来之不易的情谊，回忆里满是与他人相处的美好时光。越是胸襟开阔，包容了别人的大错，对方承了你的情，自然也会在他朝对你投桃报李。

随着时间的推移，随着在商海中历经沉浮，有了更多的阅历，也有了更深刻的感悟，再次回想起父亲的教诲，这些退让的举动，竟然都是充满智慧却又最朴实无华的处世哲学。

老子曾言，"大道之行，不责于人"。一个人真正成熟的标志，就是发觉可以责怪的人越来越少。人生中最难的就是不责于人，这是一种为人处世的大学问，也是一种修养，一种善意。古语云："人非圣贤，孰能无过"，人活在世上，每个人都有可能会犯错，事事非完美，只有我们学会了反躬自省，懂得了去理解，学会了去宽容体谅，将心比心，才是一个人真正走向成熟的标志。

人人都是在负重前行，理应多些体谅与尊重，当我们处于优势的时候，不能高高在上，处处咄咄逼人，当我们处于劣势的时候，也不要去随意指责他人，理应学会理解与宽容。不计较自己对人的帮助，却谨记他人对自己的帮助，懂得饶恕别人的过错，知道审时度势，知道什么时候该让步，什么时候该海阔天空换来和平共处。

拼了命的"长大"，是指引，不是指点

　　关于亲子关系，最近，网络上有个很流行的段子："不写作业母慈子孝，连搂带抱；一写作业鸡飞狗跳，嗷嗷乱叫"。作为佐证，还有一则新闻引起深切的同情：南京一个年轻妈妈，在辅导三年级的女儿写作业时，被气到中风。

　　类似的桥段往往火爆网络，娱乐着我们的耳朵：有个朋友说，昨晚十点多，从楼上传来一个女人的咆哮："什么关系？啊？说，到底什么关系？"。被这声划破天际的嘶吼撩拨，她那颗八卦的心立刻疯狂地跳跃起来，本着看热闹不嫌事儿大的精神，她趴在窗户台上认真地听起了下文。女人继续气愤地喊道："互为相反数啊……"。她默默吸了口窗外的凉气，关上了窗户，意味深长地朝着先生看了一眼，打了一个冷战。

　　我是名母亲，也曾是名老师，笑过之后，能深切地理解这背后的父母对孩子成长的焦虑，同时更深切地认为，孩子到了这个年纪，与他如何相处不只是个技术问题，更是深层次的态度问题。

　　我有个很要好的姐妹，孩子刚好到了上小学的年龄。孩子上的小学，会布置很多课后作业，但她说，她家的孩子做作业从不需要打骂，她的方法是，孩子学习10多分钟后，允许他拿起玩具放松一下，接着再投入学习，这样学习和调整交替进行，既没有使孩子脱离学习场景，又

减轻了他的学习压力，让孩子的学习效率提高，父母的认可度跟着提高，形成良性循环，打骂自然就免了。我问她，为什么是10多分钟，而不是20多分钟，她的朴素教育观还无法支撑形成理论，答不上来，只能问我做教育的朋友。他说，很简单，孩子和父母的认知能力是不同的，比如，孩子在学习上能集中注意力的时间只有10多分钟，而成年人集中注意力的时间能达到40多分钟，用成人的思维和认知模式去强求孩子，当然就会出现款型不匹配的情况，难免就会出现以下"极度不适"的情景：作业才刚刚开始，妈妈觉得小孩应该是奋笔疾书，专心书写时，小孩却玩起了笔、手指或者做出了其他分心的动作。于是妈妈责怪小孩不专心，大声呵斥，小孩也不了解自己，满腔委屈无处诉说。

这是我们在与孩子相处中常犯的"错误"，我以为你应该做什么，我以为你应该怎么做，我以为你应该这样理解……总是代替孩子思考，代替孩子选择，代替孩子成长，殊不知，认知和成长都有个过程，在亲子长跑中，孩子的步频是跟不上父母的，是拉着他们跑，还是等一等，和他们一起跑，这是关乎育儿方式，更关乎彼此尊重的设问。

理解和倾听，尊重孩子的感受；引导和鼓励，学会适当放手。我与儿子，通常在这样的情境中度过一天。早晨，我会为他准备好早餐，但不会叫他起床，因为我们已经约法三章，起床这种事已是一个上了学的小男孩自己控制的事儿。吃完早餐，我们会简单地沟通一下，今天会在学校学习什么，有哪些可能是难点和重点，需要特别仔细地听讲，以及放学后包括什么时候上兴趣班等基本安排，在这种沟通中，我从不打断他的意见，只在自己还无法充分解释和理解的某些方面，我给予他引导。而后，各自展开忙碌的一天。放学后的时间，我会尽可能地抽出时间陪他度过。与上学前的沟通相似，我会先与他进行一场小小的"仪式"，由他负责总结一天的学习收获与上学状态，包括与老师的相处，与同学的相处，而我更多地作为倾听对象，适时地引导。有时，他也会因为和班上某位同学吵架而不开心，或者因为学习上的问题所困扰，但我绝不贸然指责与干涉，请他自己先分析原因，尝试是否靠自己能解决人际关系上的矛盾和学习上的问题。由于我的"放权"，他当然愿意表现出男子汉的"气概"，通常能依靠自己的经验与判断，做到自主调整。

辅导学习，更应该是与儿子达成的契约。我们往往认为孩子在学校就把作业做完了，回到家没事干，总拿手机打游戏，得给他报个班或者买点课外练习册，把他的时间填满。但孩子接收到的信息却是，原来我作业做得越快，爸妈就会布置更多的作业，那我何苦呢？慢慢做，消磨一点时间多好。我们把布置额外的功课作为促进孩子学习的手段，可孩子却把它当做惩罚的工具，怎么还可能达成共识，取得积极效果呢？这种不愿深入理解孩子的心理，源于不尊重的底色。一个没有自由的孩子，是无法养成自觉的习惯的。所以相比于管教的严苛，我更倾向于给予孩子尊重与自由，让他主动学习、爱上学习，从而尊重你的希望。我会和孩子共同制订学习计划，学习的进度条、规划表和完成情况，由他主导，我参与修订，张贴在家里最醒目的地方，每当他主动开始执行一段计划、计划执行效果良好的时候，我就给予一个小小的奖励，而若由于他主观上的拖延，无法顺利完成学习计划，则会给予一定惩罚。对待他的作业，我也采取相似的"策略"，不特意限制他的学习时长，但在有限的时间内，必须完成，同时适时地和他交流下作业的感受，引导他认识到做作业是一场更关乎自我成长的修炼。这种契约式的关系，目标明确，奖惩分明。但于他而言，奖励不是最主要的，尊重他小小的个体，为他发挥主观能动性提供自由，才是他——一个小男孩在成长路上最珍视的东西。在这样的默契下，儿子的成绩始终名列班级上游，更重要的是他形成了自己的主见，并知道为了自己确定的目标而主动学习，这个习惯会伴随他以后很长的人生，成为最重要的财富。

正如我与团队员工、与加入逐梦事业的姐妹们交往所提倡的态度一样，尊重，也是我与孩子达成的关系准则。为他营造一方属于自己的小天地，使他在自由的空间里找寻成长动力，同时也为我与他构建一块更大的希望，一块彼此安好却又共同经营的希望。

不委屈自己，不为难他人

在这篇文章的开头，和你分享一个电影的桥段：一对恋人，女人是个富婆，男人收入微薄。女人以她自己的消费标准，馈赠了男人一件2万元的貂皮大衣，结果被男人偷偷卖掉，换回1.6万元，女人闻讯大骂男人不解风情。男人说，这1.6万，够我三年生活。

故事的结局并不好受，男人和女人最终没有走到一块儿。不是因为不够相爱，而是太想让对方活在自己的世界中，可两个世界相隔太远，强行把它们拉到一起，只会更加伤害——现实往往比理想残酷，大多数的殊途是不能同归的。

不过恋爱中由于太自我所引致的互相伤害，总是少数。真正因过于自我而伤害他人的，往往是在一言一行的日常细节中。最近在热播的综艺节目《中餐厅3》，演员黄晓明因为"明言明语"又着实引起了朋友圈的骚动。按网友们的话说，与其说是让晓明哥又火了一把，还不如说是黄教主被嘲出了圈。引起集体群嘲的原因，大概就是他那"中年油腻王子病"。尽管节目有故意夸大以便制造剧情张力的嫌疑，但"别说了，听我的""我不要你觉得，我要我觉得""这个事情不要讨论，我一个人说了算""我不觉得是这个问题""不行不行，你听我的"……这些容不得他人商量、容不得他人提出意见，自我立场过于强烈的话语，即使在最亲密的场合，也不适用。但偏偏，这些话不只出现在荧屏上，在我们的日常生活中，更加显见，只是因为在荧屏上放大了传播效果，才感到了它的不适，而显得尤为不堪。细细想来，无论在生活中的哪些场合，这些话其实都不鲜见，甚至在亲密关系中，更为随意。夫妻一起出门买菜，丈夫不问妻子的感受，直接一句我说了算带过；情侣间一起看场电影，男孩不问女孩的想法，直接一句听我的带过……转场到工作关系中，不等下属表明完意见，领导就匆匆作出决定，这些看似"霸道总裁"的行为，透露的都是眼中没有他人。

无论是夫妻、恋人还是朋友、同事关系，如果都站在自己的角度想问题，结果就是为难了他人，长此以往，关系破损。这是无解人生的一面。在这一面的反面，是我们更多遇到的场景：一个朋友，和她的老公各自经营着一份事业，都干得不错，但遇到工作、兴趣和生活发生抵牾时，平时总是她迁就老公更多一些。一次，又是两边都发生临时情况，谁回家照顾孩子？她老公像往常一样，发微信给她，"今天项目做得不顺利，看样子要加班了，你可以早点回家带娃吗？"但这一天已经提前说好轮到她老公，提前回家，她也因此终于可以安排自己的事情。老公也不是刻意为难她，这样想着，她只能取消了晚上的活动，按时回家带娃。她说，这已经是结婚4年多来默认的规则，凡是她的安排跟老公的、孩子冲突，就放弃自己的。与太过自我截然不同，婚后的女人，往往夹在丈夫与孩子之间，失去自我，委屈了自己。我和她说，下一次再碰到这种情况，

试着想想办法，改变一下吧。过了几周，她突然跟我微信上发消息，今天我突破了自己。这一次，她又遇到了与上次一样的状况，像往常一样诚然可以，但再一次委屈自己，就好像又一次困在原地。她想了想，回微信给老公，我知道工作室对你很重要，凡是轮到我照顾孩子，我一定会做好你的后盾。可是今晚的活动我也很想参加，一次又一次地临时取消我自己的活动，不能做到要做的事情，也会让我对自己感觉很不好，越来越不开心，所以希望你理解。几分钟后，老公回道：可以。我把工作带回家做，你去参加吧。

感谢这位先生，能倾听太太的意见，尊重太太的选择。更感佩我这位朋友，在两人相处的关系中，找到了最合理的位置，那就是不为难别人，也不委屈自己。蔡康永在他的新书里写，不为难别人+不委屈自己=真正的高情商。与人相处，好的位置，首先是不把自己放在居高临下的位置。站在与对方同样的高度，尊重他人，包括他人的意见，他人的状态，他人的情绪，尤其是当情绪对立时，尝试着换位思考，简单的听我的，就会转换成听大家的，一个人的能量，就能激发为大家的能量。汴禧能成长到今天，团队而不是我个人的力量，是主要的推力。因此，虽然我主导关系公司经营的方向和决策问题，但每次决策的做出，我都会充分倾听大家的意见，经常也会出现思路不一致的情况，但每次换位思考的头脑风暴，都是一次价值连城的共识凝聚。这也是为什么每位加入逐梦事业中的姐妹，都能清晰地感知到集团的价值理念、管理理念和自我的成长轨迹，因为每次决策的做出，都是团队智慧的凝练。

好的位置，在尊重他人之外，还要为自己找到合适的存在。我们往往追求前者，却忽略了后者。所以，有的人在说话时常多转几道弯，不至于太直白，反而表达不清自己所想表达的，造成了误解。所以，有的人可以把自己装得过分懂事，过分隐忍，只会小心翼翼地为人处世却忽略了自己的诉求，忘记了自己也有梦想，也该获得尊重。就像我的那位朋友，委屈了自己。只要你没有伤害谁，我们这辈子就不会亏欠谁，每个人都值得无畏地追逐梦想，看不惯的不去迎合，得不到的果断放手，然后独立地活出自我，这是对自己最好的尊重。

人活着，不为难别人最厚道。心跳着，不委屈自己最重要。请尊重他人，也尊重自己。

被需要是人生最大的价值

　　《小王子》里面有个情节是这样的。某天，小王子去旅行，看见一个商人一直在辛辛苦苦地赚钱。

　　小王子就问他"赚这么多钱来干什么？"，商人回答"能让我变得富裕。"

　　小王子再问"变得富裕能给你带来什么好处呢？"商人回答"变得富裕我就有机会赚更多的钱"

　　小王子问他"拥有这么多钱你也用不完啊，那就没什么用啊""如果我拥有围巾，我可以围在脖子上带走。如果我拥有花朵，我可以把花朵摘下来带走。但你不能把钱都拿走"！

　　商人回答"是的，但是我可以把它存银行。"

　　小王子："我再跟你说吧，我拥有一朵花，我每天给她浇水。我拥有三座火山，我每周为它们清扫。因为我连死火山也清扫了。谁知道它什么时候会喷发呢！我对我拥有的火山和花朵来说是有用的。但你对钱来说完全没有用……"

　　做生意的人张开了嘴巴，却回答不出来，于是小王子离开了。"大人真是非常古怪啊，"小王子心里想。

　　商人酷爱财富，但是站在对方的立场，他本身对钱完全没用，

他对金钱仅仅是占用的执着，他和财富的关系是单方面的；但是小王子对于他拥有的花朵和火山来说，他是被需要的，小王子更像是一个守护者、一个朋友、一个家人，他们彼此的链接是双向的。所以我们自然而然地会觉得小王子更幸福，花朵和火山也更幸运。

所有让人深感幸福的感情和关系一定是双向的，我们需要对方，也被对方需要；我们从对方身上获得温暖，也享受帮助对方所带来的能量。衡量一个人的价值，往往不是看我们从社会索取了什么，而是贡献了多少，这个贡献就是被他人的需要值。任何一个人所处的任何一段关系，如果只有单方面的一味索取，另一方一味地付出，这段关系注定是畸形的、短暂的、不幸福的。同样的，双方如果永远克制礼让，结果也是冷漠疏远的。我更推崇一种相互被需要的情感连接方式，因为被需要是体现自己在他人生命意义的最重要方式。

在我所熟悉的亲子关系中，中国式的父母儿女心特别重，主流的情况父母都会给子女带孙辈。哪怕辛苦付出，老人们的心里是开心的，因为他们有被需要的感觉，他们觉得自己的存在是有价值的，为儿女分忧，为晚辈做好后勤保障工作。撇开有些子女索取无度甚至啃老的极端情况，其实这种传统的伦理观给老人带来的更多是忙碌的乐趣和付出的甘心，某种程度上我觉得这恰恰是中国老人幸福指数高于日韩国家的原因。拿日本来说，日本是一个特别不喜欢给人添麻烦的民族，成年子女很多都会搬出去住，他们的行孝方式不过是过年的时候能陪父母一起。同样的，跟中国式"养儿防老"的想法不同，日本年迈的父母很多不愿意给子女家中负担，都会选择独居或者进养老机构，直至孤独的死去。经济环境的不同，家庭伦理观的不同，民族性格的不同，统统导致了以上的区别，各种深层原因不去细说。私以为需要和被需要的情感如果更外露，可能亲子之间的纽带会更紧密，即便是吵吵闹闹、紧紧巴巴的一起度过，相处中获得的快乐和幸福感会大于冷漠疏离的独处。

朋友间更当如是。随着年龄的增长和境遇的改变，我越来越觉得真正的朋友是根植于人品的交往。打开跟闺蜜的聊天记录，往往寥寥数行直奔主题，没有跟同事客户的恭维，经常只有一句两句话"推荐一下靠谱的兴趣班""今天心情不太好，一起出来喝杯茶""下周去旅行，要帮你们带什么礼物"这些对话常常发生在知己好友间，你来我往，稀疏平常。有困难，能主动寻求对方的帮助；有能力，会主动解决对方的难处。小的时候，跟身边的小伙伴整天疯在一起，只是想要有人陪、有人一起玩儿，单纯的小脑袋里没有太多考虑，甚至都不用顾及彼此的性格、喜好，有矛盾了吵吵嘴、打一架，转天又可以一起玩游戏。随着年龄的增长、知识的积累、眼界的不断开阔，我们的心理追求有了更高的要求，我们的交友需求也发生了改变——从单纯的玩伴到追求精神上的契合。每个人都渴望被人理解，被需要，都希望能有"高山流水遇知音"的那份幸运。

我挺享受被需要的感觉，朋友们有专业问题的请教，有人生困惑的疑问，甚至是物质方面的困难，我都乐意帮衬一把。倒不是因为拿着成功人士的身份标榜自己，而是因为被需要让我觉得深感快乐，让我觉得是友谊进行下去不可或缺的养分。我乐于解决朋友的问题，也不耻于把真实的、狼狈的自己呈现在她们的面前。真的好友是"我成功，她不嫉妒；我萎靡，她不轻视，人生得一知己足矣""彼此都不用拼命在对方面前表现得很厉害的样子"。真正的好友，彼此之间可能没有那么热烈的情感表达，却有平淡而温情的长久。他们也许不会一直相伴身边，也许不常联系，但心有牵挂，总会在你最需要的时候，给予你关怀与帮助。朋友之交似茶，味淡却隽永。乍见之欢后，还相处不厌的，才是最好的朋友。

海明威说："每个人都不是一座孤岛。"我们生活在一个巨大的圈子里，表面上我们谁都可以选择自己一个人享受生活，但实际上每个人却又有着千丝万缕的关系，谁都离不开谁。我们渴望被需要，因为那是一种信任，同时又让我们真切地感受到自己的存在感。所以，适当地麻烦朋友、家人，都是让我们彼此之间关系越来越亲密的保鲜剂。

无论是友情还是爱情抑或是纯粹的利益关系，出发点始终是有需求。友情中的互相欣赏，爱情中的互相吸引乃至占有，如果分析的可观一点，本质上都是双方的价值匹配。有句话叫作，你是什么样的人，就会吸引什么样的人，就是这个道理。维系一段相对稳定的关系最好的办法就是为彼此的需求提供源源不断的价值并在这个过程中能够实现自我价值。你有多被需要，你的价值就在哪里。甚至，抛开我上述种种亲密关系，当你站在任何一个身份上，被需要是至关重要的人生一环。

　　你是男人，你被需要，因为你是踏实的公司员工，是体贴的丈夫，是孝顺的儿子，是友善的亲人，是靠谱的朋友，是宽厚的父亲，是家里和社会的一堵墙，上挡风霜，下稳田园。

　　你是女人，你被需要，因为你是无私的母亲，是温柔的贤妻，是知心的闺蜜，是最贴心的女儿，是一株有韧性落落大方的茉莉，清香谦逊，温情宜人。

　　你是学生，你被祖国和社会需要，因为你是为国家未来搭建的脊梁。你是警察，你被人民和安定需要，因为你是人民踏实生活的保障。

　　你是医生，你被病人和家属需要，因为你是病人的救星家属的精神支柱。你是服务员，你被顾客和行业需要，因为你是顾客追求服务质量的实践者。

不是所有的等待，都经得起来日方长

懂得珍惜，并不是与生俱来的一种能力。在长大的过程中，总有猝不及防的变故让我们扼腕喟叹：本以为来日方长，有时候一转眼，就来不及了。也许你会因为应酬太多，来不及参加朋友聚会；因为工作太忙，无法参加孩子的家长会。因为世俗事务缠身，身不由己，又觉得这些都是小事，以后还有机会，所以会说："来日方长"，可事实，其实来日方长并不长。

前些日子，和友人小聚，提到近况，不由讪讪的。未来的不确定，朋友的突然告别，让感性的她落下了眼泪，一直在自责总感叹来日方长，就连一饭之约也成幻影。不知道从什么时候开始，当你意识到时间的时候，就已经什么都留不住了。有人为我们沏了一壶感情深挚的热茶，我们却总说来日方长；于是将茶碗搁置，待在花间一游再回，或他处小酌而归，以为它依旧热香扑鼻等在那里，殊不知这世上回首之间便"人走茶凉"。如同嵇康在死前感慨，袁孝尼一直想学《广陵散》，以为来日方长，一直执意不肯教他，而今离去，《广陵散》绝矣。正因为来日方长并不长，才会有"一段奋不顾身的爱情和一场说走就走的旅行"的感慨之情吧。

岁月里总是藏着一把锋利的刀，割开你不愿意看到的一切，割断你残存的一丝幻想。生活总是沾染着世俗的烟火气息，一染便是终生。

我们总是安慰着那些遥远的梦想，告诉自己来日方长，其实我们太脆弱，接受不了无能，也做不到有用。于是，有了那么多自我安慰。有了那么多自认为美好的、遥远的、不计其数来日方长。这四个字是一种退让，更是一种自欺欺人，而真的发现一切无法弥补的时候，我们才会承认自己当时给自己留下的余地，却已经是无路可退。

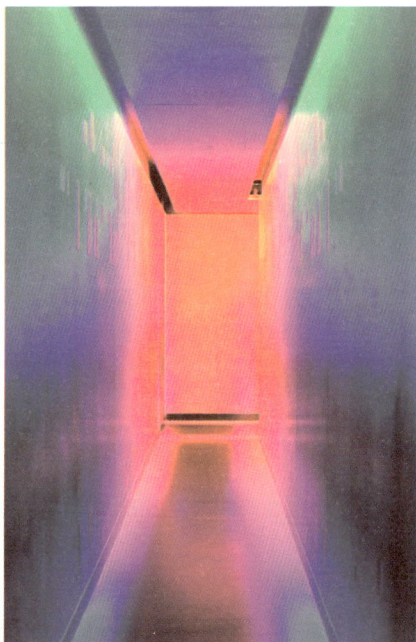

有一首诗，叫作《无常》

今天是昨天的无常

明天是今天的无常

花谢是花枝的无常

花开是花蕾的无常

一个瓶子碎一地，是完整的无常

一地碎片被粘好，是破碎的无常

她离开了我，是我生活的无常

你爱上了我，是你生活的无常

没有恒久的幸福

也没有恒久的痛苦无常

以外皆为无常乃我唯一见过之真理

没有永恒的幸福，也没有永恒的痛苦，但是一切都是永恒的无常。倘若人生没有经历波澜壮阔的起伏，没有花开花谢的更迭，没有破碎完整的变化，你心心念念所追求的圆满与幸福，又有何意义？诗人的感喟可谓一语中的，仿佛瞬间参透人的一生："没有恒久的幸福，也没有恒久的痛苦。"其实，正是在虚无的、脆弱的、易碎的、暧昧的"无常"中，我们才习得生活所赋予的"真理"：在无常的世界，深情地活着，将那些不安的"无常"，转化为精彩的"当下"。人生没有来日方长的假设，活在当下，即全部。我能提醒自己和身边人的就是珍惜当下，活在当下。想去做的事情立马去做，想去见的人即刻去见。心念一动，就去实施。

一位博主发过一个互动话题："如果让你回到十年前，有什么你后悔的事情，想去改变？"5万条评论，有不少人，都想要挽回家人：有人想每年带爸爸体检，用尽一切手段帮他戒烟；有人想告诉外公，生日那天别出远门、别开车；有人后悔没对妈妈好一点，想回到两年前，给妈妈打个电话……

等哪天，说好的常回家看看，陪爸妈吃饭饭，等来等去，父母白了黑发；等下次，说好的一起去看电影，去约会，去旅行，等来等去，情深变成了缘浅；等有条件，说好的要经常健身，去泡温泉，等来等去，青春不再年少。

马尔克斯说："有父母在的时候，死亡是抽象的。"父母像一堵墙，隔在了我们与死神之间。可是总有一天，这堵墙会消失。徐佳莹的《灰色》底下，有这样一条热评："每次吵架，总是妈妈先提要离婚，要回娘家。直到这一次，外婆去世了，爸爸来接我回老家。他刚把车开上高速，突然跟我讲：我们以后不要跟妈妈吵架了，因为她再也不能说回娘家了。"父母离世，才知道，世界上最疼我们的那个人，真的去了。

黄渤主持了一档综艺《忘不了餐厅》。他在节目里和舒淇谈起自己的父亲：记不住事情，分不清亲人；刚才说的话他转头就问"什么？"；称呼儿子为"老战友"。有人问黄渤："你觉得你懂你爸吗？"他沉默许久，给出了答案："一开始不懂，后来觉得懂了。其实现在觉得又不懂了。因为我爸已经糊涂了。"舒淇问他，如果回到你爸爸还有记忆的时候，你有没有什么想跟他说的？向来在镜头前嘻嘻哈哈的黄渤也沉默了，许久，他回答："没什么想说的，我就想能多陪他一会儿就够了……跟我爸在一起，哪怕聊点闲篇，聊点笔墨纸砚，聊点油盐酱醋……"

正如圣经所说：人生如一片云雾，出现少时就不见了…随着岁月的增长，已体会了太多的生命无常。这几年身边的老人相继有离世，亲戚中也有几个四十几岁的中年因病去世……甚至连同龄的同学，朋友，也时有让人唏嘘的消息传来。每每听到这些消息都会有一种莫名的心痛，除了为逝者难过，便是担心他留下的家人怎么度过余生。每次被一些身边的噩耗触动，就会暗暗下决心：要爱护自己，健康生活，关爱家人，要开始早睡早起，冥想，江边晨跑，晚饭散步……可人永远是健忘的，且有贪欲的。尤其，我们生活在这么一个金钱至上，物欲横流的社会里，不可能不受影响。我敢保证，尤其在职场打拼的年轻人，一个月后，该加班的你仍然在加班，该戒烟的你又抽了回来，该清淡饮食的你又在胡吃海喝，该心情舒畅的你又在为老板对你的不公大生闷气。而且你会给自己找理由：不是我不想改，的确是身在江湖身不由己呀。

诗篇里说："我们一生的年日是七十岁。若是强壮可到八十岁。但其中所矜夸的，不过是劳苦愁烦。转眼成空，我们便如飞而去。"人生如一场旅途，有起点，也有终点。每个人来到这个世界上，就是上了自己人生的这趟客车。一路上会遇到曲曲折折、风风雨雨，最终达到死亡的终点站。不幸的人，中途早早就得下车，幸运的人，走完全程，也不过就是七八十年而已，能活百年的已经是非常罕见。但是，终究还是得下车。但其中所经过的日子又能如何呢？不过是劳苦愁烦。转眼成空，我们便如飞而去。人往往都是在生命快要结束的时候才能觉悟，但觉醒的太晚了，醒悟时已经一生即将过去，无法回头再来了。人生，一个人的人生仅仅只有一次，一旦浪费，就无法挽回。

从今天起，从此刻开始，我要爱自己，不光是对自己负责，更是对自己爱的人负责。世界很大也很小，时间很长也很短，我们的余生已不长，珍惜每一天，和爱的人共度健康美好时光，远比我们在人世间蝇营狗苟计较的一切都值当和重要。

春风得意一杯酒，江湖夜雨十年灯。

人生修行场，始于透明，终于蕴藏，无非两字"因果"。

所不同者，用一场绚烂为透明涂色，用长久自律为绽放存相。

似一把古琴，其辉不显，却余韵悠长。

像一木沉香，其貌不扬，却千载凝香。

莫言岁寒无气味，收敛声名，暗香流动，人间况味始冬藏。

冬藏篇

约守时光，暗香冬藏

漂亮可以夸张，美丽却是克制

父亲教会我的，我用温热去遵守

　　自打有记忆起，对父亲的印象就是，他是个不苟言笑的人。

　　不仅在我的记忆里，在全家甚至家族的意识里，父亲的严厉都是出了名的。我十几岁的时候，和家族的哥哥姐姐们打闹忘形，每当此时，只要有人在我们身后低沉地说一声"戴云，你爸来了"，我们就会对望一眼，然后脖子紧缩，目光都盯着自己的脚尖，半天都不敢回过头去。我们都难以解释：家里的小孩儿，为什么都这么怕我爸。

是啊，我的父亲，到底是一种怎样的存在呢？我爸打我吗？好像打过，但仅有的几次绝称不上凶恶，更没有出现过不分青红皂白地暴躁。他骂我们吗？好像也骂过，但从不是连吼带骂的咆哮，况且，偶尔的责骂，哪家父亲没有过呢？直到长大后，踏上社会，接触了形形色色的人，增加了那么多对世界的阅历，才慢慢明白，父亲的严厉，不是惧怕，而是敬畏。

确切地说，父亲的严厉，是一种赏罚分明，自带"法纪"的威严，在不苟言笑的外表下，便显得格外庄严。这种区别于的法律的庄严，在家里却像一套真正的法律。这里面有一套严密的行为逻辑，包括处世的规则、待人的规则、对事的规则，严格而又自律。他天天携带着，一生坚守。同时也要求我们严守，即使睡上一个懒觉，都可能被我父亲严厉的责罚。所以，我到现在，都没有养成睡懒觉的习惯，即使休息在家，也每天早上7点准时醒来，仿佛稍稍差过了五分钟，父亲凌厉的眼神就会射来，让我无所适从。

董卿也有个这样的父亲。她曾在一篇文章中回忆她父亲的魔鬼教育法，她的父亲为了培养她，狠到窒息和剥夺的地步。比如，她喜欢照镜子，有点小小的自恋，一次她正照着镜子，她爸爸下班回来看到了，马上召开"家庭会议"，说了一句狠话："马铃薯再打扮也是土豆，你有时间，不如多看看书。"又如，她刚上小学时，她的父亲就抱了很多书回到家，严肃地对她说："你现在还看不懂，先学着抄成语和古诗，抄完了就大声朗诵，背诵，我在外面听着。"他让她每天抄写成语和古诗，整整抄了两年之后，又让她抄古文。她爸爸还懂得让她'劳逸结合'，抄古诗古文抄累了就让她干家务，洗碗拖地，小时候不懂，就恨得牙痒痒，在心里边骂边流泪，恨到怀疑她到底是不是他的亲生女儿。父亲还让正在中学的她，抽寒暑假勤工俭学。她回忆道："父亲让她从商场售货员，广播站广播员，一路做到宾馆清洁工。宾馆规定，每天收拾10个房间，20张床。虽然我埋头苦干，一个上午却只收拾了两个房间，别人都去吃中午饭了，我还在傻乎乎地收拾着。爸爸来看我，我哭着说：'太累了，不想干了，爸爸，我要回家。'可爸爸岿然不动，怎么求他都没用。没办法，我只能硬着头皮坚持干下去。"

但她越是长大，愈发感谢父亲，少儿时期所积累的深厚文学修养，让她饱有了"腹有诗书气自华"的自信与优雅，这种宝贵的气质，使她受益无穷。从她读大学时拥有的良好自学能力，到成长为浙江电视台主播、上海电视台当家主持人直至登上央视一姐，所体现出的厚积薄发的状态，都源于父亲对她的严苛教育，正如她自己所说，"到现在我终于明白了爸爸的良苦用心，没有他逼我一把，我不可能拥有今天的成绩。"同样说出这话的还有作家莫言，出生于高密东北

乡的莫言一家之所以出了一群大学生、研究生，全仗着他父亲的严厉。"如果没有父亲的严厉，我会成为一个什么样子的人，还真是不好说。"

世界上，坏的父亲各有各的不同，但好的父亲一定是承担家庭负担最重、对子女爱得最深沉的那一位。父亲那一代男人有着鲜明的集体群像，闭上眼，仿佛都能立马见到他们的形象，背着手踱步，皱着眉看你，板着脸说你……他们不太懂得幽默，只能用严厉，表达他们对儿女的深爱，用严厉担负家庭的营生，更重要的是，教导儿女怎么做人。

父亲用严苛的教条授予我最宝贵的品质，就是自律。自律，是事业有成之人的关键词，对女人来说，还是保持住自己重要的元素。杨丽萍能保持艺术黄金生涯几十年不变，在于她对每顿午餐近乎苛求的克制——一小片牛肉，半只苹果，一个鸡蛋，她坚持了数年。大S徐熙媛能保持纤细身材十数年，在于她对自身体重近乎极端、机械的控制——拍电视剧或者主持节目的话，保持在44.4公斤；拍电影，体重则保持在42公斤。你不对自己狠，生活就会对你狠。女人不易，需要更为坚持地自控。

自律这项品质，从小伴随我的学习、生活，甚至起床、睡觉、吃饭等行为细节，早已经成了我的行为习惯，也成了我理解事业、发展事业、壮大事业的底线。如果创业初期没有一以贯之地狠逼自己牺牲每个周末，我人生的第一桶金可能就不会攫取，如果事业发展时期，没有对事业发展的准确定位，对自身规划的严格执行，品牌的发展就不会平步青云，如果集团壮大时期，没有对自身行为的严格控制，集团的壮大就不会如鱼得水。如今，我依然坚持每天早晨7点起床，保持平衡的作息规律，即使当天没有紧急的任务；依然坚持完成每周瑜伽训练计划，保持健康的体魄、维持纤细的身材，即使练习瑜伽不是天生的兴趣使然；依然坚持每周完成看书、听讲座、记笔记的循环，保持自我学习的状态，即使当周集团的事务繁重。自律不看你在开心时做什么，而看你日复一日的重复中坚持什么，因为一时的兴致使然通常意味着放弃，但长久地坚持意味着战胜了无聊、战胜了痛苦，赢得了克制、赢得了强大，一定很酷。从事业，到人生，成功的步伐从来都没有近路可走，但你走的每一步，都算数。自律就是那虽然沉重，但每一步都向前的路。

很难相信一个邋里邋遢，油腻懒散，不修边幅的女人，能把工作干得有多出色。反之，那些妆容精致、珍视形象的，往往对待工作呈现出一丝不苟的态度。因为，前者放纵形象，后者保持优雅。生活中能使自己与众不同的，是自律；能令我们活得更高级的，是自律。自律使你自由，一点不错。

失礼的人生，源于对规则的漠视

　　"你是什么垃圾？"这直击灵魂深处的戏谑拷问，从今年七月来，已经成为上海人们的日常。一切均源于今年7月1号开始正式施行的被称为国内"史上最严垃圾分类"管理办法。虽然上海人民会在自媒体上吐槽和打趣，一篇篇文章的字里行间我感受到最多的还是大家的积极拥护和践行，以及充满求知欲的有趣探讨。

　　据统计，上海市每人每天产生的垃圾量约为1.2公斤，整个城市产生的生活垃圾总量将近2万吨。如果不对垃圾进行压缩粉碎处理，每15天上海产生的生活垃圾就能堆出一栋421米高的金茂大厦。不仅是上海，几乎所有巨型都市都面临着垃圾处理难的问题。据有关数据，北冰洋的塑料垃圾在短短十年里几乎增长了20倍。在一个地区，废弃物的数量已从每平方千米346块，增长到10年后每平方千米6333块。科学家在北冰洋的海岸上，找到了大量废弃物，包括日常使用的塑料瓶、棉签棒、烟头、湿纸巾等。想象一下，北极熊们缓慢地在垃圾堆里行走，附近的冰山早已融化，它只能靠翻找垃圾桶寻找食物，暂时维系着自己的生命，这是多么残忍的一幕。垃圾分类是一件功在当代、利在千秋的大事情。那么试问，在垃圾分类管理办法实施的过程中，即便已经标注清晰处罚的措施，还会不会有人存在侥幸心态，为了贪图一己便利而枉顾法规呢？我相信一定有：有规则的地方，就会有破坏规则的人。哪怕是破坏规则的成本是危害自己的生命，不少人还是会因为心存侥幸去冒险。还记得前几年轰动一时的宁波动物园咬人事件么？当时的官方报道是这么写的：当日下午2时许，张某及妻子和两个孩子、李某某夫妇一行6人到雅戈尔动物园北门，张某妻子和两个孩子以及李某某妻子购票入园后，张某、李某某未买票，从动物园北门西侧翻越米高的动物园外围墙，又无视警示标识钻过铁丝网，再爬上老虎散放区3米高的围墙（围墙外侧有明显的警示标识，顶部装有70厘米宽网格状铁栅栏）。张某进入老虎散放区。李某某未进入，爬下围墙。既可悲又可叹，为了省下一张门票钱，最后却丢下妻儿，丢了性命。有些人，总以为规则就是麻烦，是阻拦自己潇洒行事的障碍，是让自己吃亏的东西。殊不知，规则不是为了限制你，是用来保护你的啊！老祖宗说的好"不以规矩，不能成方圆"，天下万事万物都在这方圆之间，小到一个单位组织例如家庭学校，大到国际层面，如果没有任何的规则约束，我们每个人都会在毫无秩序的情况下寸步难行。

法律法规是一个人的底线，道德规则是一个人的素质涵养。规则既然能成为规则，肯定是为了平衡绝大多数人的利弊得失，为了营造整个社会系统的和谐公正。严峻到刑法，宽松到办公室制定的小规则，无一不是对于集体利益的最大化保护。

今年，环保之风大行其道，各领域各行业都在深化这个主题，我顺势让行政制定了一个新规：办公室不设垃圾桶。一开始也有很多同事不理解，说扔个垃圾多不方便啊，这规则简直太不人性化了。但渐

渐的，小伙伴们发现了很多好处，也都理解了公司设置这一规则的深层原因。比如办公室中，A4纸通常不会被充分利用，会有空白处或只被用了一面，如果有垃圾桶，员工很容易随手扔掉 A4纸。但没有垃圾桶，员工们会选择把纸放在文件架上，然后重复利用。这样就很好地减少了纸张浪费，也间接保护了我们的森林资源和环境。更重要的是，没有垃圾桶，就不会有食物残渣，那么办公室就不会有什么蚊虫、小强、老鼠，大家工作环境好了，对自己的身体也是一种保护。很多时候，我们不理解为什么要设立规则，总觉得各种规则束手束脚的、真是烦人。但如果我们思考和理解了背后的原因，就会知道，规则其实不是用来限制自己的，而是用来保护自己的。

在我们公司，也有很多管理上的规则。比如我们进行全员绩效考核，有日清日结、周总结、月总绩效总结。可能有人会认为这是一种没有必要的重复，也是一种压力。但这种方式的确能够帮助我们去认知自己，总结和分析优势和不足。另一方面，这也有利于确保考核的透明性和公平性，有利于企业持续发展。美国最优秀的"商学院"不是在波士顿的哈佛商学院，也不是在硅谷的斯坦福商学院，而是那著名的"西点军校"。在全球500强企业中，有1000多名董事长、2000多名副董事长、5000多名总经理都毕业于西点军校。在国内，军人出身的企业家也有不少，比如柳传志、王健林、任正非、张瑞敏等等。他们虽然没有受过正规的商业教育，可是却在商业战场里头运筹帷幄，为什么呢？因为他们有很强的使命感，也有着严格的制度、铁的纪律和不折不扣的执行力！在部队中，谁破坏了规则都要受到军法处置，执行才是硬道理。

反观那些肆意破坏规则的人，不在少数，并且往往不认为自己违反规则是一件多么大不了的事情。在故宫大缸爬上爬下的熊孩子；踩着烈士铜像拍照的男子；在动物园任意喂养小动物的家长孩子；在禁止吸烟区随性吸烟的公民，在西湖、泰国洗手池里洗脚的大妈……不文明的行径源自对规则的漠视，源自心中没有一杆衡量道德的称，源自个体的自私和短视。他们没有思考别人和社会的格局，也就不明白规则保护的是包含个体在内的大组织的整体利益。这种违反规则的行为或许是他们生命的常态，他们也许毫无顾忌到理所当然，只有当跌了大跟头吃了大亏才会懂得遵守规则。可是不要忘了细节里见人品，"千里之堤，毁于蚁穴"，一个人道德的败坏，绝对不是一蹴而就的，一定是内心不停地对自己失礼，对他人失礼，对社会失礼，最后再无是非观，再无羞耻心。反之，所有成大事者，一定都是从小事、从细节做起的。正所谓"大处着眼，小处着手"。

通过遵守规则，我们会形成外在的习惯，以及内在的修养。外在的习惯会保护我们，内在的修养会成就我们。回想起我们早在读幼儿园的时候，老师就叫我们要摆放好自己的桌椅，父母也让我们在吃饭会客时都要有规矩。这种外在的教化，其实是为了让我们形成一种良好的习惯，从而升华为内在的修养。人，最可怕的不是长大，而是遗忘。很多道理和规则小时候都懂，但最后却视而不见。后来，我们成年步入社会，却活成了自己曾经最讨厌的样子。其实，在这世上活得明白的人，都对规则认知得很明白。一个守规则的人，一定是个有原则的人。这样的人并不是胆小，也不是没有个性，相反，他们更懂得怎样和光同尘、与时舒卷，懂得去避免没有必要的冲突，从而去降低自己的人生成本。

承诺是鞭子，扬在每一个不曾兑现的日子

　　早些时候给儿子讲起过"季札挂剑"的典故，恰逢季札是我的家乡——常州的一位名仕，所以不自觉的，这个故事我也就记得尤为深刻。

　　故事是这样的：延陵季子将要到西边去访问晋国，佩带宝剑拜访了徐国国君。徐国国君观赏季子的宝剑，嘴上没有说什么，但脸色透露出想要宝剑的意思。延陵季子因为有出使上国的任务，就没有把宝剑献给徐国国君，但是他心里已经答应给他了。季子出使在晋国，总想念着回来，可是徐君却已经死在楚国。于是，季子解下宝剑送给继位的徐国国君。随从人员阻止他说："这是吴国的宝物，不是用来作赠礼的。"延陵季子说："我不是赠给他的。前些日子我经过这里，徐国国君观赏我的宝剑，嘴上没有说什么，但是他的脸色透露出想要这把宝剑的表情；我因为有出使上国的任务，就没有献给他。虽是这样，在我心里已经答应给他了。如今他死了，再把宝剑进献给他，这是欺骗我自己的良心。因为爱惜宝剑而违背自己的良心，正直的人是不会这样做的。"于是解下宝剑送给了继位的徐国国君。继位的徐国国君说："先君没有留下遗命，我不敢接受宝剑。"于是，季子把宝剑挂在了徐国国君坟墓边的树上就离开

了。徐国人赞美延陵季子，歌唱他说："延陵季子兮不忘故，脱千金之剑兮带丘墓。"

很多人把承诺当成一时的壮志豪情，来时狂风急雨，信誓旦旦；可真的践行起来却经常推诿逃避，最后不了了之、无疾而终。承诺不是兴奋剂，只在说的时候博得好感，而是一条鞭子，时时刻刻有可能会落在我们的身上；像一把悬而未决的宝剑，让我们充满的警惕和自省。在我们懈怠的时候，想想当初对自己的承诺；当我们浮躁的时候，想想当初对伙伴的承诺；甚至当我们被花花世界迷了眼的时候，想想对家庭对另一半的承诺。行差踏错，皆因一时放纵，皆因忘乎承诺。说到底，一个人轻视承诺，无非有两种原因。第一种：习惯性许诺，也就是承诺的当下根本没打算实现，只是为了获得对方一时的宽慰和欺骗自己。另一种是执行力不够，不能说没有意愿，只是在实施的过程渐渐的忘了初心，或者被过程中的种种困难吓倒了，于是承诺也就变成了往日云烟，再也不愿提起。

中学时代有个故事让我很受触动，讲的是徐志摩的第一任妻子张幼仪裹小脚引发的故事，故事的主人公是张幼仪的二哥张君劢。张君劢从小就非常疼爱自己的妹妹，两人之间的年纪相差不少，张君劢几乎是半个爹一样亲自照顾妹妹长大。当时社会上还有缠足的风气，女孩子在2、3岁的时候，必须要用一条长长

的裹脚布，把双脚裹成三寸金莲，不然将来长大会嫁不出去。而穷人家的女孩子，因为要替父母做工，所以不能缠足，富人家的小姐，则是个个都要缠足的。张君劢之前只听说过缠足，没有见过，所以也不太明白。等到张幼仪3岁那年，母亲准备为小姑娘缠足了，做了一天一夜的准备。即便准备如此充分，第二天张幼仪还是免不了在家中痛哭出声。张君劢听后心里十分不忍，夺过张幼仪抱在怀里，不让母亲继续给她缠足了。张幼仪的母亲也很心疼，但是还是向张君劢争抢张幼仪，她说：小姐都是要缠足的，不缠足将来长一双马脚，谁愿意娶她呢？张君劢却很坚持：妹妹嫁不出去就不要嫁了，就在家里我养她一辈子。张君劢坚持之下，母亲只得放弃，最后张幼仪成为一众好友中唯一一个保有一双天足的娇小姐。而跟徐志摩的这桩婚姻，张君劢最初并不看好。他认为徐志摩太过文人风气，不是张幼仪的良配。可是他的弟弟却执意为妹妹和徐志摩牵线搭桥。他知道两人的婚事的时候，双方长辈都已经敲死了，即便他不赞成，也不能悔改。而张幼仪和徐志摩婚后果然如他所料，并不顺遂。徐志摩甚至独自一人远渡重洋出去留学，而将新婚妻子张幼仪独自留在家中。见到妹妹日日孤孤单单，张君劢心中不忍。于是，虽然他讨厌徐志摩，还是给徐志摩写信施压，让他无论如何接张幼仪到身边团聚。

徐志摩很怕张君劢，接到他的信后即便百般不愿，还是把张幼仪接到了自己身边。但是徐志摩当时已经爱上了林徽因，张幼仪来到徐志摩身边，不过是备受冷落罢了。于是她联络上了张君励，告诉了哥哥这件事。张君劢支持张幼仪立刻与徐志摩离婚，来到自己身边。于是在离开徐志摩之后，张幼仪没有回国，而是到巴黎投奔了张君劢。张君劢恪守自己对张幼仪的承诺，尽心竭力的照顾她和她的孩子。张君劢非常懂得授人以鱼不如授人以渔的道理，他不仅给了张幼仪生活费用，更积极的帮助她入学深造，提升自己。后来张君劢还邀请妹妹到自己的公司去担任财务负责人。张君劢为妹妹张幼仪的一生可以说是尽心竭力，用自己的一生履行了那句"我来养她"的诺言。

越是分量重的承诺，越要用行动来践行。因为承诺做不到，就是谎言，习惯性的违背承诺，就跟惯性撒谎一样，心里的道德底线越来越低，最后从恶如流。慧律法师说：诺言就是生命的全部，承诺，你就是要去做。没有理由，没有推诿，没有任何的主观因素。轻轻地承诺，稳稳地践行，一点一滴，把自己培养成一个有担当讲信用能托付的人。

承诺是廉价的，谁都能说，说得多漂亮多浮夸都行。可守信却是奢侈的，正因为难能可贵才会被颂扬不息。"承诺不轻许，许则必为之"。"假如我不办企业，跟朋友之间、跟家里人之间，我也会是一个信守承诺之人，性格使然吧。我年轻时喜欢读的是《水浒传》，现在看《水浒传》里宣扬的很多思想我是不赞成的，但是有一条我赞成：就是一诺千金。"这是接受一次采访时，柳传志这样谈他对于诚信的理解。现在回忆起那个草创的年代，柳传志认为，能够站住脚跟，最后一路走下来的，都是那些讲信誉、重承诺的企业。

　　我们年轻人做事做人，更要将重承诺的品质沿袭下来。毕竟我们都明白，耳听承诺和耳听爱情是一样的虚幻。守诺才是最困难的部分，是不让良心受到谴责的方式，是避免虚妄承诺的鞭子抽打人生的唯一方式。在我们的文化中，言行一致备受推崇，言行一致会给我们带来最佳的利益。养成言行一致可以让我们内心不纠结，自我和谐，千万不要低估这样一种言行一致，给你自己内心带来的力量。它可以让我们生活更有目标，生活更自在，真切地可以感觉到当下的决策力、抗挫能力和面对能力。

江湖夜雨，自律为灯

始终认为，我对汴禧人最大的贡献，是透过自律给彼此立下的规矩。

有一位商业大鳄曾说过，如果说自律对于人最高的境界，是控制，那么自律上升到集体最高的境界，是规矩。控制不住自己的人，就会被自己无节制的欲望带偏，没有规矩意识的企业，最终会被商业的江湖丛林所抛弃，连翻身余地都不给。这两者是有包含关系的，自律的人，进入到守规矩的集体，如鱼得水；没有规矩的集体，会毁了所有人的自律。因此，对于一个初创企业，能不能有个自律的领导带头，找寻一批自律的伙伴，立下一批庄严的规矩，决定一家企业能不能长远地在商业江湖的丛林里生存下去。

我到现在也不敢说把自己的企业做得多大，也不敢奢想企业的未来能发展到如何。但并不自夸地说，自律所包含的自控力、自制力、自省力，延伸为底线思维、规则意识，让我在纷繁复杂的现代商业社会，始终牢记商业规则，守住经营底线，为汴禧的发展和加入汴禧的每一位姐妹，树立"立规矩、有边界、守规范"的行为准则，使汴禧这座大厦成为越筑越高，屹立不倒的价值基石。

有个在网上流传很久的段子，父母刚结婚时，老妈初进门，家里养的一条土狗认生，对着老妈狂吠，老妈心平气和的开口道：这是第一次。那狗当然听不懂，继续对着老妈狂叫，老妈又开口了：这是第二次。狗继续叫，老妈冲杂物房操起把柴刀把狗砸死了。这时老爸说话了：你怎么能这样，那只是头狗，还没认人！老妈淡淡的说话了：这是第一次……老爸立马闭嘴。从此后再不敢在老妈面前多嘴。当然，这只是个笑话，婚姻关系如果一开始就要靠立下这样的规矩来维系，那后面在一起的就不是生活，早晚要散。可如果用在企业中，却是条有效的准则。立规矩，首先要达成一条共识的底线，谁越过底线，谁就出界。不同的企业，当然有不同的价值底线，但在汴禧，无论是做产品、做渠道，还是招加盟、找代理，底线始终只有一条——诚信。

还深刻地记得上管理学课程时，关于诚信的一个企业案例。2002年，德国庞巴迪公司与广州合作建设地铁，根据双方签订的合同，广州地铁将于2002年12月底投入运行。不巧的是，当年德国遭遇特大洪水，部分地区的公路、铁路均被淹没，无法把地铁车厢运往港口。交货期日益逼近，怎么办？推迟交货当然有充足的理由：不可抗力因素。但是，庞巴迪公司并没有做出这样的选择，而是主动克服困难，按期交货。为此，德国人毅然决定地铁车厢由水路改为空运。此举使公司支付了高于水运10倍的运费，

多花费300万美元。

其实，"德国水灾"可以让庞巴迪找到延期交货的正当理由，中国客户也能理解对方遇到的困难，但是在视诚信为生命的德国公司看来，没有任何借口，因为竭力维护合同的严肃性比一单生意的盈亏更重要。他们的做法使广州的合作方大为惊讶，也使德国庞巴迪公司声名远播，成为中国诸多城市地铁建设的合作伙伴。

诚信，不仅是一种道德理念，更是一种多赢的高级经营模式。汴禧将诚信作为经营的底线，基于的正是这种"多赢思维"。只有对上游的供应商讲诚信，他们才会愿意提供质量稳定的原材料，也只有对下游的分销商、加盟商讲诚信，他们才会愿意持续信任我们的品牌，努力地用销售业绩给予集团支持。俗话说，赖得了一时，赖不了一世，无论从现实还是从长远的角度，诚信带来的发展利益都要远超一时的算计，这是本价值账，也是本经济账。

以诚信作为基底，我对集团所有分支、所有品牌立下的最关键的规

矩是，保证品质。这个世界，没有傻子，这个行业，比你我想象得都更要聪明。集团、客户与供货商是一个密不可分的生态链，只要谁的品质出了问题，这个生态链就会迅速放弃你，转而寻求另一个替代者。因此，抱着如履薄冰的心态去对待产品，既是对待产品的基本态度，也是这个行业生态的基本要求。

"女人，不仅要活的独立，活出自己；更要活的优雅，活出品质"，这不仅是很多姐妹接触汴禧时，初次的直观感受，也是汴禧的家族成员紧紧追随、越聚越多的价值信条。每个员工，包括研发、生产、销售，从进入汴禧一开始，就被告知，追求品质是汴禧集团的第一要求，追求极致是工作衡量的第一关卡。在这样的团队里，我是其中一位，也是最重要的一名。产品研发，我亲自抓，每一次新产品的开发，我都第一个跑到市场去调研，小到每一个试用品，大到每一个品牌，只要是研发需要的，我就一个不落地试下来，和研发团队一起分析成分，创新配方，再反复调制。有时，为了极度贴合亚洲女性的肤质特性，即使一个成分的区别，吃住全在实验室里。产品质量，我带头抓，生产工厂定期跑，产品抽查也从不缺席。而在销售端，让我的品质观影响你的品质观，最终让追求品质成为我们的共识，这是我最在意的，也是我们在销售一款产品，传播一个品牌时最突出的理念。为此，我们在将高品质的产品传递给终端，使每位客户都能享用到汴禧给她的惊喜之余，更将对产品品质的追求凝练为品牌理念及文化，传递给每一个加入筑梦事业的家人。

如今，许多加入汴禧大家庭的姐妹们，不仅通过加盟汴禧的品牌攫取了人生的第一桶金，实现了经济独立的自由，更在变美的过程中通透了品质的生活、品质的人生。没有我对"品质"这个规矩的立下与坚守，这个关于"品质"的信念就不会花开为果实，成就汴禧的当下，许诺汴禧的未来，圆梦汴禧大家庭每位成员的期待。

人生若不设限，何惧岁月辗转

今年过生日的时候，我照例给自己定了一个生日蛋糕，买了一个非常具有仪式感的礼物，唯一不同的是，我没有像往年一样非插一个"18"的蜡烛，渐渐的对于年龄，对于30+这个敏感词开始豁达。

对于女人30+，我倾向于做一个乐观主义者，我曾经不止一次的跟我的闺蜜们讨论现在的我们，一定是最美的我们。想到30+往后的阅历和智慧带给生活的饱满，平和与包容，30+的我们应该是智慧与少年的集合体，便是抑制不住的兴奋感。我也不会再觉得30岁就老了，年龄感是一种状态，不可抗拒，我们要做的是读书，运动，对这个世界保持好奇感和探索欲，不主动被是非绑架，那时候的我们看起来应该还是一枚元气少女，便也一直保持着这种期待。

最近读到以下的文字，热泪盈眶，感慨自己应该早几年读到就好了。在此想送给还没到30的亲爱的你们和已经到了这个可爱的年纪的我们：30岁以后的生活真像是，人生刚刚开始。很多人害怕30岁，特别女生怕老，皮肤不好，面容憔悴，人生的可能性就此停滞。而实际上，我们见过的最有魅力的女性，包括男性，基本上都超过了40岁。我们都会老去，谁都避免不了。在30岁之后，容貌的特性才会发挥最大的价值。一项研究指出，人类的大脑一直处在发育阶段，直到37岁左右才发育成

熟。这就能解释为什么一些30岁出头年纪的人，口无遮拦随心所欲，不计后果做事情了。随着大脑逐渐成熟，情绪逐渐稳定，人的个性特征开始显露出来，能不能成事，就在这个阶段就可以看出来。持续的学习和思考的锻炼，带来的最大好处就是年龄越长头脑越清楚。在30岁之后还会继续上升：体力和精力达到高峰；思索能力一直在成长；开始有意识的放大格局；不会为一时的利益损失影响方向；人格魅力开始发挥作用；气场慢慢打开，游刃有余；越发坚定；对善良和忠诚有更深刻的认识；懂得如何对自己好，不容易干傻事；你的积累开始带你去正确的方向，给你想要的回馈。董卿曾说："随着年龄的增长，我们所听到，看到，遇到，想到，慢慢会积累成一种特殊的味道。"

所以，完全不必惧怕30岁的到来，这个年龄阶段拥有的智慧和力量，超越之前的总和。

而且心态向上的人，由于善于自我管理，相貌一定是比二十几岁更好看的。无论你什么出身，更智慧的30岁看少年的自己永远是"土气"的。古人说"三十而立"，这个"立"就是立身之本，说白了就是三观，追求，想法，未来的能力，全写在脸上。跟是否妆容精致，皮肤是否紧致，头发多少，一点关系都没有，有经验的人看眼神就知道一个人的状态，这种东西掩饰不了，也表演不出。于是，30岁之后，我放下了所有自欺欺人的想法，那句王菲说的，你可以恍惚面对这个世界，要笔直地面对自己。

年龄不设限，角色不设限。

每一个人都是由多个角色构成的。在家里，我们是女儿、是妈妈、是妻子；在社会，我们是员工、是上司，也可能是老板。千万不要把自己限制在任何一个角色中，当这个角色成为唯一的角色时，我们离失去自己也就不远了。我们是家庭人，也是职场人，但是种种前提，我们都是我们自己。种种角色都是不可分割的，希望你有条不紊地处理好每一个角色，还能听从内心的召唤：做自己。除了接送孩子上下学，围着厨房锅台操持一日三餐，在职场一板一眼完成每天的工作，希望你还能找寻内在与自己更深更久的链接。

去追问自己的工作理想，在办公桌的方寸间练就更精进的能力，以便于在未来的某一次会议上侃侃而谈发表自己的观点；去经营自己的优雅，把闺蜜聚会的地点定在某一场读书会或插画分享会，让内心还能被美好的养分所丰盛。不论多大的年龄，只要不局限自己的境地，不束缚自己的角色，生活就不是糟糠狼藉，有你的地方就是风光旖旎。做真实的自己，也是最有魅力的。敢于遵循自己的内心，敢于活出自己的性情，不人云亦云，不随波逐流。"我和谁都不争，和谁争我都不屑；我爱大自然，其次就是艺术；我双手烤着生命之火取暖；火萎了，我也准备走了。"这首由杨绛翻译的兰德的诗，也可以看作她一生的写照。杨绛先生是我极为佩服的女性，先生在人世间得体地处理好各个角色，同时遵从自己的个性和原则，保持天真，成其自然。杨绛先生和钱钟书先生的夫妻感情自不必多说，理想的婚姻应该是什么样子？在我有限的见识中，觉得就应该是钱钟书和杨绛那样，志趣相投，心性相契，平淡相守，共度一生。杨绛给人印象最深刻的，与世无争的淡泊。在这熙熙攘攘的世间，多数人都想着出人头地，可杨绛不这样，她读书写作、翻译治学，只是因为兴之所至，并没有一丝争名逐利之心。和许多著作等身的女作家相比，她写的作品并不多，晚年编撰文集，更是把不满意的作品全都删去。她说她并不是专业作家，只是一个业余作者，生平所作都是"随遇而作"，从散文、翻译到剧本、小说，每次都是"试着写写"，这一试，却试出了不少精品。

在人生这幕剧中，我们绝不是他人的附属，而永远是自己的主角。在这短暂而唯一的生命里，我们必须做自己。就像席慕蓉说："我们并不是要去争夺，也不是要去刻意表现，我们只是想在自己这一段生命里做一次我们自己"。我们可以用很多的时间来尽量做好一个女性应该做好的那些角色，就像男性也要做好丈夫与父亲的角色一样。但是，我们也有全力给自己另外走出一条路来，在这条路上，我们只是一个独立的生命。我们应该有权利，在某些时刻里，成为一个真正独立的生命。

断舍离不仅仅是扔，更是奢侈地爱惜自己

去年年关将至的时候，我干了一件痛快得不得了的大事——突发奇想的叫上了几个闺蜜，给家里来了一次彻底的"断舍离"。我把很多东西或扔掉，或送给了有需要的朋友，或捐给了相关的机构。记得最后看着敞亮空旷的房间，我竟然没有任何不舍得，反而感受到了前所未有的畅快和轻松。

日本作家山下英子所著的《断舍离》中写道，我们对于一些东西的执着都是源于内心的匮乏：没时间整理，这是逃避现实；有朝一日能用上，这是暗藏对未来的不安；我也曾辉煌过，这是沉溺于过去。她还说过，不管东西有多贵，多稀有，能够按照自己是否需要来判断的人才够强大。能够放开执念，人才能更有自信。"断舍离"的态度就是，家里不适合的、多余的东西绝对不买，只保留最有质感的物件。断绝不需要的东西，舍弃掉多余的，脱离对物体的迷恋。几年来"断舍离"受到了很多年轻人的追捧，其实简单来说就是斩断物欲，不买不刚需的物品；舍弃掉堆放在家里的闲置物；降低对物质的依赖和迷恋，让自己处于一个精简、优质的生活状态，也能拥有一个宽敞舒适的空间。改变消费观和生活观，才能让自己活得更自由自在。

其实我在对钟爱的衣柜进行断舍离的时候，起初也不是全然能当机

立"断"的，毕竟每一件买回来的衣物配饰当时也是心头好一般的"迎驾回宫"的。看着有些一年来只穿了一次或者甚至没有摘掉标签的衣服，我习惯性的逃避问题，总在暗指自己：我只是还没有合适的场合穿上这件；我只是最近长胖了点所以这一件不合适；这件衣服的颜色好像不怎么衬我的肤色……下意识的，我不想断舍离掉这些当时在专柜觉得非买不可买回家又变成鸡肋的衣服。是朋友们的催促和《向巴黎夫人学品味》一书中的一个简单观念最后让我下定了决心，只留最好的东西。"好东西留着以后用"是人们常犯的毛病。别再重蹈覆辙了，因为"以后"几乎永远不会来。于是当下就从衣柜开始，扔扔扔。套用一句"怦然心动的人生整理魔法"的指导法则：衣服分为让你心动的，或不心动的；心动并真心喜爱的，留下。

最后的结果是，我一共扔掉了超过衣柜40%的衣服。看着空出来的位置，我又不得不思考如何填补。当下暗暗下决心，以后每次买新东西的时候多问几遍自己的内心：真的需要这个东西吗？买回来我的使用频率有多高？即便身处物质比较宽裕的当下，也不是一味地买买买，理性的消费观和生活观才显得更难能可贵，我要求自己尽量买最适合自己的物件。我们所倡导和追求的精致其实是一种生活态度，是由内而发

的对生活的热爱，对自己的疼爱。它不是绑架着你、逼着你为了迎合别人的喜好眼光，跟风、违心的去做某件事，而是让你敢更真实、更自律、更自信的去做你自己。

所以给物质做减法的时候，是在对消费习惯做重新地梳理和建立，同时也是给自己做内省，给欲望做断舍离。扔东西的过程其实不止是在和物品告别，更是在不断地和过去的自己告别。你不用再为那些无用的东西耗费太多的时间和精力，你也不用在被这些东西"绑架"了生活。我们只有划去那些琐碎无用的选项，只留下当前最重要的，才能知道自己想要的是什么，才能找到更好的自己。

经过那次的断舍离，朋友都戏谑地催我，"什么时候再去你家洗劫？"。我自以为经历过这么大阵仗，已经是超脱、理性、精简的典范了，没想到还有更通透的。汪涵曾在一档节目中爆出：他的微信好友不超过两位数，何止是亲密的钱枫，陈坤范冰冰等所谓行业内大腕都被他删掉了。删掉微信后汪涵大喊"太爽了"：这样的生活非常非常轻松，所有时间都是你的，自在得一塌糊涂。你会突然觉得，整个人生都发生了变化。

人生开始的前半段，我们可能会疯狂地在人际关系上做加法。一定要融进各种社交圈子，参加所有的聚会酒局，对每一个人都笑脸相迎，学会社交推拉、恭维，懂得社交潜规则……

认识的人再多，知己还是那几个。而我们，还把有限的时间耗费在无止境且无效的社交中，不仅丢了知己，更丢了自己。其实社交也是需要减法。朋友重要的其实不是量，而是质。把讨好别人的时间花在自己身上，做自己喜欢的事，让自己变得更优秀，选择性更多。把"表面社交"的时间花在和那些真正志趣相投的好友交流上，谈天说地，共同进步。

扔掉东西从来不是最终目的，而是我们是要通过断舍离，让我们的生活回归简单，让精神也重归自由。那些无用的物品，干脆的扔掉；那些放不下的人，渐渐地遗忘；那些剪不断的执念，一点点开解；那些执着着的名利，慢慢地看淡；那些绑架着你的过去，逐步地走出。成长是一个做加法的过程，而成熟是一个做减法的过程。有的时候减法也是另一种加法。学会放下，才能真正自由，才能拥抱新的人生。能做到断舍离的人，真的是在奉行什么叫作"奢侈的爱自己"。

Facebook社交网的 CEO马克·扎克伯格，出现在公共场合的时候，永远穿着一件千年不变的圆领灰色短袖，或是外加一件黑色外套。扎克伯格曾在 Facebook上晒出他的衣柜——衣柜里挂满了一模一样的圆领灰色短袖 T恤和黑色外套。"我尽量不做任何对于社会毫无贡献的决定。其实这是基于心理学的理论基础的。每天决定吃什么，穿什么这类小事，不断重复就会消耗能量。在日常生活的小事上消耗能量，会令我感觉到自己没有在工作。只有提供最高的服务，将十亿以上的人联系起来，才是我更应该做的事。"

看扎克伯格的这段发言，我似乎对"断舍离"有了更深层次的认知：将物质生活极小限化，将有更多自由的时间去做真正有意义的事。

时节如流，岁月如歌。

生命不只有奋进的旋律，还有闲适的小调。

险途江湖拼杀匆忙，不碍捡拾玲珑慰藉心相。

去捧一杯香茗的白昼，握一卷诗书，赏漫天花雨；

去拂一丝清风的晚间，沐一身月光，享惬意凉惆。

任由时光参差错落，阴阳相守，日夜平衡，我自岿然不动。

日夜篇

阴阳相赏，日夜流光

既有锋芒，又有善良

不要挤掉丈夫对你的敬意

某日早晨，听到一对中年夫妻的对话。

丈夫问："一会儿吃包子，行吗？"妻子回："就知道吃包子，吃包子，你不能换个花样吗？"丈夫："那你说吃什么，每次都让我说，说了你又不同意。"妻子："你是我老公，连我爱吃什么都不知道，我还有什么可说的！"丈夫："算了算了，爱吃不吃，吃个包子也那么多话！"说完，夫妻间不欢而散。

假设丈夫还是问："一会儿吃包子，行吗?"妻子回："好啊，你想吃肉的还是素的，不过我今天不是太想吃包子。"丈夫："那你想吃什么，告诉我。"妻子："先陪你买包子，买完包子我再去买油条。"丈夫："好的，那我们走吧!"说完，夫妻间彼此满意。

同样的情境，同样的主题，却因为截然不同的对话态度和方式，产生了截然相反的结果。前者在于不容置喙的强硬，互不相让；后者在于有商有量的平衡，互相尊重。其实，夫妻间关系的处理，远没有想象中的复杂，彼此尊重，寻找平衡，为对方留下舒适的相处空间。

我和先生，生活中，正在努力成为后者的关系。与任何正常的夫妻相同又不一样的地方在于，我们之间既可能为了琐事而有矛盾，也可能为了公司的业务发展发生争执。几年前，为了一款产品的研发和主推方向，我们曾有过比较激烈的争执，因为彼此都作了充分的研究，自认为有充足的理由说服对方相信自己，因此互不相让。就在双方都发现无法说服对方，争吵下去只会双输时，先生提出了去一家新开的某某菜系餐馆尝鲜，因为这种菜系是我的最爱。我也意会了，先生是在进行破冰之旅呢，于是我欣然同意，并说，正好你喜欢的某某品牌上新了，要不我们饭后一起去看看吧，也许有你中意的。就这样，夫妻间始于事业发展争执的一场小小危机，在和风细雨的一场夫妻约会中结束。从恋爱到结婚生子，多年的两人零距离相处，给了我们旁人无法预见的默契。我们总是在矛盾即将上升的那一刻，共同寻找把余地留给对方的机会。

为对方考虑，给另一半尊重，我也许要做的更多。因为事业上的关系，无论在他人眼中，还是在夫妻共同经营的朋友圈眼中，我都是"女强人"的角色，这无形中增加了先生的压力。尽管先生并不介意，也不是"弱男人"，中正平和的他，把属于自己的工作部分经营得有声有色，但我也要表示出我对先生的尊重。因为婚姻是夫妻的共同经营，任何婚姻崩裂的开始，都始于其中一方的率先离场。因此，我处理与先生关系的第一准则是，不管我在公司里呈现何种角色与状态，回到家中，我首先是妻子，一名身份独立、思想独立，但也需和丈夫共同经营婚姻的妻子，并让先生明确地感知，他的关爱与支持，是我最大的动力。其二，在处理家庭事务时，我会尽量让先生占据主角，一方面是突出先生的强项，先生的心更细，更擅于处理繁杂事务；另一方面是突出对先生的需要感，俗话说，好太太是被哄出来的，好丈夫则是被夸出来的，也许并不需要刻意地对先生夸赞，在需要他承担家庭责任时，给予真诚的支持，就是对他作为丈夫角色，最好的善意。所以，虽然生活中的磕绊难以避免，都能及时止损，从没将矛盾上升到需要相互指责的地步，我们彼此知道对方需要自己，婚姻的经营谁也离不开谁，是最重要的源头。

我的闺蜜，有个朋友，是工作中的女强人，年薪早已突破40万，而且无论是事业的发展、还是社会的地位，都更高于丈夫。她也曾对外说，只要老公爱我，爱家庭，即使少挣一些也没什么大不了的。在外人看来，丈夫的确非常爱她，天天接送她上下班，做家务带孩子，她则负责上班赚钱。照说应该很幸福，可最近才得知，夫妻双方正处离婚大战中，原因很简单，这位朋友，上班工作压力大，在家里一看到丈夫做得不够好，就会脱口而出"连房子都是我买的，

你出什么钱了？"长期处在鄙视链下游的老公，无法与妻子建立平等的沟通，于是在与其他的女性中找寻了突破。

"谁有钱谁话事"，在婚姻生活中是很幼稚的行为。因为在婚姻中，只有合伙人，没有领导人，每个人都有平等的地位，并不因为你负责赚钱，我负责操持家务、带孩子，我就要成为你的附属，随你摆布。这种视角，男人要学会，女人也要学会。很多姐妹加入汴禧大家庭后，因为经济独立甚至富裕，家中的地位与角色也有了从量到质的变化。我常常对一些姐妹说，"我们当初是为了获得尊重才拼命努力，获得成功后，也不要忘了回望初心，越是成功越要对家人尊重。"事实上，没有家人的支持，事业是难以持续取得成功的。和我相处久的姐妹，知道我有个习惯，为姐妹们的丈夫送花，这么做，源于两层目的，表示妻子愿与他一起分享成功的尊重；更重要的是，希望得到他对妻子事业的支持，像妻子尊重他一样，尊重妻子的选择与坚持。虽然只是小小一个举动，但相互尊重的氛围得以营造。很多姐妹欣喜地告诉我，加入汴禧不仅实现了事业的腾飞，更感到了丈夫的转变，她们的丈夫从一开始的不理解、不支持，到妻子事业有成后的衷心祝福，甚至在妻子忙得不可开交时，主动为了家庭接送孩子，买菜做饭，心甘情愿的分担妻子的压力，减少妻子在外的操劳。我告诉他们，除了你们老公自身观念的转变，更重要的是他们感觉到了被尊重，他们放心，你们的事业也就安心了。

是啊，尊重就像润滑剂，缝合着夫妻关系的一切细节。不要挤掉彼此的敬意，从你尊重他开始。

母与子，是相互折射的镜子

　　儿子长大后想做表演艺术家，这是他坚持了很久的梦想。

　　更小的时候，他也像其他小朋友一样，对于自己的"梦想"一会儿一个主意。看到在街边奔驰的公交车，他会嚷嚷着要当公交车司机，转身看到路边工地上的挖掘机，就嚷嚷着长大后想开挖掘机，可一看到戴着大盖帽的警察，他又会嚷嚷着要当警察叔叔，似乎每个孩子都是这样，分不清什么是梦想，什么是好奇。

所以当他有一天煞有介事地和我说，妈妈，我长大想当个演员时，我并没有在意，把它当作与往常一样的好奇，敷衍着孩子，心中还自以为地嘀咕了一下：估计是被电视里的人吸引了。过了十多天，结束工作的我，刚一推开家门，就看到儿子端坐在客厅，和我说，妈妈，我想和你说件事。那时，孩子已经快上小学了，在此之前还从没这么认真地在家里等过我，看来是有对他而言很重要的事。这一次，倒是勾起了我的好奇心，是什么事，让他如此郑重呢？我坐到他身边，亲昵地拍拍他脑袋，"说吧。""妈妈，上次我和你说，我想当演员，你还把我当小孩子，根本没有认真听，这一次我要再和你说一次。"我的心微微一紧，在即将告别男童的年纪，关于自己的梦想，他终于较真了。他接着说，"妈妈，前几天，我们上课的时候，老师问了我们长大后想做什么，其他小朋友都是相当科学家、工程师，只有我说想当演员，同学们都笑我了，难道想当演员不好吗？"

确实，当演员，在江南特别是苏南这一带，历来不是父母、老师甚至孩子本身选择梦想的"第一志愿"，这里面有复杂的历史文化因素，也有深重的人文习俗影响，但这是个崭新的时代，每一个正当的行业都有其价值，应受到尊重，更何况，从事演艺行业，不仅是个朝阳行业，还是个大有可为的行业。作为母亲，我尊重孩子的梦想，希望他成长为展翅高飞的雄鹰。但同时，要让雏鹰变成雄鹰，就必须让它自己坚定信念，然后自己去飞、去闯、去经历挫折。听完儿子的话，我顿了顿，轻抚着他的发梢，"想当演员是件好事，妈妈尊重你的梦想，支持你的梦想。但这都是将来很远很远的事，你现在要做的，首先是找到你想当演员的理由，这个理由不是你看电视就能得到的。这需要你通过好好学习，增长见识去发现。如果你找到了足够让自己相信的理由，那么妈妈就相信你是认真的，而且会帮助你一起去实现这个梦想。如果你在寻找过程中，发现其实它并不适合你，想重新找寻梦想，我也不反对。但不管什么梦想，只要你认定了它，就要自己做下去，坚持做下去，妈妈会在旁边为你加油鼓气，给你一些必要的帮助，好吗?"

　　我和儿子的这段对话，我至今还清晰地记得。因为它饱含了我对他长大成人的期盼，和希望他坚持梦想的期待。年幼的儿子，也许当时没有完全听懂我话里的含义，但已经懵懂地知道因为我尊重他的选择，所以他也要尊重自己的梦想。他开始尝试改变自己，强壮自己。之前的儿子做事有点磨蹭，抗挫能力也不强，碰到困难就爱哭。但他课余时间参加才艺训练等培训班后，开始主动克服自己的小弱点。才艺训练周期长，训练要求也很严格，有的小朋友去的比他早，熟练程度比他高，受到老师表扬也比较多，换作以前，他就会哭哭啼啼地回来，甚至不愿再去上兴趣班，但我逐渐看到他的改变，尽管偶尔还会悄悄地抹下眼泪，但从不回来哭诉，闹着别扭不去上课，他开始像一个男人一样，尊重自己的选择，为自己的选择负责。

如今，距离我和儿子的那次交谈，已经过去几年了。对于自己的选择，他偶尔也会失落，但从没有犹豫，在认定梦想、坚持梦想的路上，开始有了收获，从市级荣誉、到省级荣誉，再到现在参加国家级大赛，抱回奖杯的时候，眼里写着满满的骄傲，仿佛在跟我说，妈妈，你看，这是我自己得来的。看着他一天天长大，一步步成长，尽管还很青涩，还很稚嫩，对未来也会有畏惧、有害怕，但我欣喜地感到了他的勇气，一种与我当年一样，为自己的梦想而坚持的，奏响生之向往的勇气。这一切，源于我在他梦想启航路上投的赞成一票。

　　关于母亲和孩子梦想的关系，曾看到过一个故事。有一位来自美国加州的7岁男孩，瑞恩，依靠回收垃圾当上了全球最年轻的CEO。一天，瑞恩对父亲说，"我来帮邻居分类垃圾吧？"面对儿子的想法，父亲并没有反对，而是在瑞恩放学后陪着他一起到邻居家里帮忙分类，回收瓶子。在瑞恩对垃圾分类的浓厚兴趣下，回收废品的业务越做越大，也越来越多的人因为瑞恩的坚持而熟知他的"业务能力"，纷纷找到他回收垃圾。当瑞恩"业务"做得越来越大时，瑞恩的父母直接非常干脆地帮瑞恩注册了一个废品回收公司"Ryan的垃圾回收"。7岁的他，通过坚持和努力，回收废品赚得了将近8万元人民币。而对于这一笔钱，瑞恩早已经有了很好的规划。瑞恩将这些钱分为三份，一部分捐给慈善机构，一部分添置一辆垃圾卡车，剩下的钱存起来，作为自己日后的学费。随后，他的事迹被各大媒体所报道，太平洋海洋哺乳动物中心聘用他出任形象大使，CNN（美国有线电视新闻网）授予瑞恩"青年奇迹"大奖。同样，在听到儿子的梦想是"我要跳到月亮上面去"时，阿姆斯特朗的妈妈微笑着说："好啊，但是你不要忘记回来哦。"后来这位登上月球的第一人在无数次采访中提到，没有母亲的这句话，也许第一个登上月球的就不会是他。

我们，是孩子梦想启航路上的第一个掌灯人。无论孩子的想法靠不靠谱，选择和你诉说，就把你当作了他的全部。我相信，没有母亲想要浇灭孩子的梦想，只是，对于孩子幼小的心灵，没有尊重的前提，主观的好意也会化作伤害。而如果对他不靠谱的想法，选择了灌溉而不是浇灭，那份尊重就是无穷的力量，会作为他的翅膀，带来无穷的惊喜。

世人皆孤独，而友情最治愈

今年上映的电影中，我最偏爱《绿皮车》，因为温暖而动容。电影里有两位主人公，一位是受过良好教育，情商智商和涵养三高，拥有三个博士学位，在上流社会有着很高知名度的美籍牙买加裔黑人钢琴演奏家唐·谢利（Don Shirley）；另一位是没怎么受过教育但很聪明，却只在各种高级夜总会和俱乐部做保镖工作，经常无法控制自己情绪又简单粗暴的美籍意大利裔白人混混托尼·立普（Tony Lip）。故事大概讲述的是：谢利博士请托尼做他一路南下演出的私人司机和助理。两个地位和性格截然不同的男人，从刚开始的格格不入，到中途的彼此藐视，到最后的互相帮助。由此产生的跨越种族肤色，温暖人心的友情。

整部电影我最关注的是两个问题：孤独问题和友情问题。博士结过婚，最后也离了。所以论家人而言，他是孤独的。他自己形容自己："他是住在城堡，却只是孤身一人，那些白人富翁花钱请他去演出，是让自己显得有文化。但没有人知道，当他一下台，他又变成了白人眼中不屑一顾的黑鬼。他只能独自承受这样的屈辱，不是一两个晚上，而是一辈子。加上黑人同胞们又不能接受他，因为又不是同类。他不够黑人，也不够白人。"此刻，托尼才意识到谢利博士才是真正最孤独的人。所有外表的荣华，都不能填补你内心真正的孤独。越高位，越孤独。在各种孤独中间，人最怕精神上的孤独。这种孤独感，是最深最无助的孤独。这世界，每个人无一例外都是孤独者，但都需要陪伴者。哲学家培根说了一句经典的话："得不到友谊的人，将是终身可怜的孤独者。没有友情的社会，则只是一片繁华的沙漠。"好的友谊，既能容忍朋友提出的劝告，又能使自己接受劝告。很多看起来像朋友的人其实不是朋友，而很多是朋友的倒并不像朋友。两个人性格不同，却又彼此互补。有一次当托尼扔骰子赢了几个钱，而窃窃自喜时，谢利博士批评说："你以为赢了几个零钱就是赢家了？他们无法选择是进去还是出来，而你可以。"给托尼带来了不小的思想冲击。还有就是，谢利博士给予指导意见帮助托尼写信回家，将流水账的写法改为浪漫抒情的文法。他的太太拿到信的时候，被感动的一塌糊涂。托尼的帮助从来都是简单粗暴。当谢利博士到了一间仅限黑人住的酒店，因他的装扮和举动，无法融入同胞的游戏，一个人独自去酒吧喝酒，结果引来了一群白人对他的殴打。所幸智勇双全的托尼，把他从困境中解救了出来。另一天晚上，谢利博士因行不堪之事被警察关了起来，最后托尼明明用"贿赂"的方式，却被他三寸不烂之舌说成"捐赠"，将谢利博士顺利从警察手里救了出来。即便谢利博士不认同贿赂的方式，但最后还是感激托尼出手相救。真正的友谊，总是预见对方的需要，而不是宣布自己需要什么。莎士比亚说："朋友间必须是患难相济，那才能说得上是真正的友谊。"

《圣经·箴言》说："朋友乃时常亲爱，弟兄为患难而生。"正是这种患难见真情，又互相理解和帮助的友情，让彼此都放下了各自的傲慢与偏见，同时意识到自己真正的缺乏与需要。有一种友情，叫高晓松与老狼。他们两人第一次见面，是在北京电动设计院门口。那时，高晓松组乐队在找主唱，一个朋友介绍了老狼。据高晓松说："那会儿他嗓子特尖特高，跟现在完全不一样。我们乐队是重金属的，是那铁嗓子，唱完了他就加入了。"他们组建了青铜器乐队。起初，大家根本没想过出人头地，写歌就是写着玩，结果唱着唱着，青铜器竟然小有名气。大学毕业后，老狼被送到一家自动化公司，天天下乡给人装电机。而当时退学的高晓松，已经靠着拍广告挣了不少钱，住着5室4厅的会员公寓，拿着大砖头手机。按高晓松的话说：不是说几百几千块钱的事，真的挣特别多的钱。成名后的高晓松，推出了个人作品集《青春无悔》，和宋柯创办了"麦田音乐"独立品牌，自编自导了电影《那时花开》和《我心飞翔》，还担任各大选秀比赛评委。他的事业蒸蒸日上，他的日子也热气腾腾。相比之下，老狼却选择了一条截然不同的路。老狼偶尔出去走穴，赚得差不多了，就去酒吧唱英文歌。没活儿干的时候，老狼天天在家看书。虽然两个人在各自不同的轨道上前进着，却也始终牵挂着对方。2011年，高晓松因酒后驾驶，造成四车追尾，被拘役六个月。出狱时，老狼毫不犹豫送了10万块，让他改善生活。去年，老狼参加《我是歌手》比赛。在终极淘汰赛上，高晓松来帮唱。为了给老狼撑场面，从未烫过头发的高晓松，还专门烫了头发。尽管排练时两腿直抖，高晓松但还是硬着头皮上台演唱。

最好的友情，大概就是这样，你我天各一方，为了梦想各自为战，为了生活各自忙乱，我也依旧记挂着你的现状，关心着你的动态。在你如意的时候，我会锦上添花；在你失意的时候，我会雪中送炭；在你落难的时候，我会毫不犹豫地拉你一把；在你需要支持的时候，我会刻不容缓地跑来捧场。我始终快乐着你的快乐，忧伤着你的忧伤，而我最大的愿望，就是你能一直平安喜乐。

每个人都是这样的吧，一路走来，人生的每个阶段，总会有那么几个死党或闺蜜，和你一起疯，一起闹，一起哭，一起笑，在你孤单时给你温暖，在你受伤时给你安慰，在你受欺负时，为你出头……走着走着，在某个人生的转角说了再见，然后就再也没见到；即使再见，也因为时过境迁，找不到来时的路，无法再走近。就像席慕蓉说的：回顾所来径，只剩苍苍横着的翠微。只有少数人，会陪你一生。坦然面对友情的得到与失去，不必追，不必挽留，这才是人生常态。人生漫长，总有一些人来来去去，总有一些人要离去。也总有一些人，无论风风雨雨，会陪你一辈子。如今，早已过了车马慢，一辈子只够爱一个人的时代，各种社交平台的朋友圈越来越大，但点赞的却越来越少。

也许在元旦、春节的时候，越来越多的人慨叹的不是"时间都去哪儿了"，而是"朋友都去哪儿了"。其实，人生真的不需要太多的朋友，三五知己，足以抵得上千军万马。真正的友情就是这样，不一定经常见面，见了面也不一定和若春风，吵过闹过，最放不下的还是你，你一旦有需要，我一定第一个站在你身后。

远方有诗，懂得经营的生活里面也有

办公室有个小姑娘嚷嚷着要辞职，当我问及她原因和未来计划，她对我说了句时下很流行的话："生活不止眼前的苟且，还有诗和远方。世界那么大，我想去看看。"我非常羡慕现在的年轻女孩子有这种诗意和对远方及未知探索的憧憬。我又问她：那为什么一定是通过辞职来实现呢？眼前的生活工作也许是我们未来三五十载常态的苟且，是不是能找到一个平衡的点？毕竟总不能时刻为了远方而漂泊远方吧？小姑娘支支吾吾地说：我当下没有考虑这么多，年轻人就是要敢想敢干，这才是我们的浪漫和诗意。

虽然到最后我也没完全理解跟支持她的想法，但我还是拦无可拦。如果跟她谈金钱层面的加薪等等，似乎有点俗不可耐，而且小姑娘的工作表现也没有到可以加薪升职的地步；如果跟她谈务实和理想，毕竟隔着大几岁的代沟，生长文化环境的差异也会导致我的言辞听起来像是说教。看着小姑娘转身离开的背影，除了感慨这种代际差异，我的内心竟然有一点小小的羡慕和感动，这种说走就走的行为恐怕现实不大允许我产生，好在追求诗意的理想我也可以拥有，并且随时可以追逐下去。

自从这句话流行起来，"眼前苟且"与"诗和远方"好似是一对虚假的对立。有些生活从表面上看是"诗和远方"，生活在迷人的远方，

你以为鸡毛蒜皮、芝麻绿豆的事情都消失了，但是其实只要是在生活，你在活着，无论哪里都同样存在着无奈的人性、琐碎的沟通、窘迫的算计以及虚伪的寒暄。相对的，"眼前"可能是因为很多时候想要适当的抽离和休憩，在得不到实现的情况下，才被妖魔化成"苟且"二字。说白了，苟且的是我们被物质、环境等裹挟，疲于奔命而不能发现生活中微小的美好跟柔软的诗意的我们。很多人对"诗和远方"的叫嚣不过是对方下的不满听之任之、随后粉饰太平、想办法逃避的借口。

《宗镜录》里说：智慧的人与愚痴的人的区别就是，迷时境摄心，悟时心摄境。让镜摄心，则心会乱，让心摄镜，则心自在。与其在"诗和远方"里麻醉与幻想，不如在接纳和行动中活好当下。从此刻起，享受活在当下的喜悦，活出自己喜欢的模样。过好当下的日子，经营好身边的关系，发现更多美好感动的小确幸，何尝不是另一种"诗和远方"？

就像是一个正在带着好奇心探索世界的孩子一样把整个世界、把每一个片刻都当作未知，细细品尝每一次的真实感觉、感受，没有任何的应该和不应该、没有任何的好和不好，只是全然的允许、全然的存在。走在路上，看见每一朵小花，都生出欣赏与美好的眼神；工作时认真对待每一个事件，和人相处时心生友好；在家里听着音乐做家务；和孩子一起游戏，在自我、职员、母亲、妻子等不同的角色中，自如地转换和平衡……这才是真正的活在当下。

让自己的思维在正思维里，也就是在积极的心态里，不断增长智慧。重复的"苟且"日子里，用一颗"经营"的心，才能在细碎生活中活出风雅和诗意。有时，我们困顿在柴米油盐里，焚一炷香能感受诗与远方。当我们历经喧闹，提笔蘸墨直抒胸臆才能发现平凡生活里的闲情。心情孤独时，与友人饮壶酒，那份温情，能慰藉世间风尘。

我有一个很好的朋友，她的房子租在北京一个小胡同里，外表看上去平平，但第一次去到她家的时候，我却被她精致的生活态度折服了。略显逼仄的空间被收拾地井井有条，书架上的书摆放地整整齐齐，桌上的鲜花随着时令和心情变幻，夜幕低垂时，一盏精致温暖的小灯舒缓身心。准备用餐时，她便从酒柜中翻出一支怡情怡景的葡萄酒，三五杯之后，气氛更加温馨愉悦。在她的酒柜中，无论何时，都能翻出一支搭配的小酒，或独酌，或共饮。她的生活哲学是："房子是租来的，但生活不是。"我惊叹于她用来喝酒的酒杯很多也都是水晶杯，打趣地问她价格，她浅笑着说：我知道，你肯定觉得有点太腐败了对吧，有的杯子确实花费我小半个月的工资，但是看着宝石般色彩的液体混动出来小小的漩涡，听着两个被子碰撞在一起的美妙声音，感受到杯颈振动传到手里轻微的颤抖，就会觉得生活还是需要不停的追求，白天工作上的忙碌和奋斗都值得了。除此以外她的厨房里还有很多精美的餐盘，闲暇时候看到她朋友圈会展示一些异域风情的烹饪，哪怕是水果装盘，也因为餐具的点缀变得更有质感。从那时起，我也开始有意无意地买一些酒，酒的种类很多，或是红葡萄酒，或是白葡萄酒，或是桃红，全凭心情。在家里，或者参加朋友聚会，喝上一杯小酒，是一件令人愉快的事。

我小姨也是这么一个能在平凡的生活中发现诗意并营造幸福感的人。每天清晨，她会推着外婆去附近的公园散步，顺便拍摄一点花花草草来往行人的照片，从来不觉得是个任务。因为她总是对生活里的许多事情充满了无限期待和惊喜。似乎任何一件小事物都可以让她感到幸福和有意义。等到傍晚，她又会换上她的裙子和舞鞋，去广场上跳舞，尽管其他阿姨们很不解，就是普通的练习干吗非要搞得这么有模有样。可小姨自己就认为，仪式感是生活中不可或缺的东西，当你穿上特别定义的舞鞋，挽上头发的时候，就是在进入一种状态，这种状态要求你把每一次练习、每一个转身都做到最好，每一个舞步都是为自己而舞。有一次我开车经过小姨所在的小区，看到小姨在那一群阿姨中，后视镜中她的身影特别认真，特别有腔调，也许这就是由内而外的热爱。

小姨虽然已经退休，但是心态很年轻，节假日特别喜欢跟我们年轻人一起，尤其是喜欢跟我们去下馆子，去造访那些所谓的网红店。每每吃到那种食材简单，但是做法别致装点吸睛的创意菜，拍下照片。回家以后，她就开始琢磨菜品的模仿和研发，不光参照照片和记忆里的味道和烹饪经验，还会缠着我表妹给她搜相似的食谱，一遍一遍，乐在其中。虽然偶有成功，但这种创新的、包容的、学习的态度让我们年轻人看了都非常赞赏。兴许姨夫三天两头做他的实验对象，吃了数不清的失败品就会有意见，对她说："其实那菜又不贵，你若是想吃就直接去买就行了呀，又方便又省事，何必要自己折腾呢？"小姨就笑意盈盈地说："这你就不知道了吧，花钱是小事，但自己学做美食的过程和体验很让人快乐，这是花再多钱也买不来的好心情。"

　　我很喜欢纪伯伦的一首诗：黎明时怀着飞扬的心醒来，致谢爱的又一天，正午时沉醉于爱的狂喜中休憩，黄昏时带着感恩归家，然后在内心为所爱地祈祷中入眠，让赞美的歌谣停留在唇间。不要总把现实生活的琐碎和诗意对立起来。如果真的是一个生活的有心人，花一点心思去营造和发现生活中可爱之处，又何必时刻惦记远方呢？不管是我朋友也好，小姨也好，她们总能用自己的双手把当下砂砾般的琐碎打磨成一颗颗珍珠，再用时间的线悠然串联，变成一串闪光缺低调的项链，轻轻地挂在生活的脖子上，远远看来，温润而迷人。

时尚之旅，人生路上的大福利

整齐好看是对自己的尊重，一辈子都要这样。

有人用三个概念来形容成功者：性格，能力和形象。性格和能力，我想大家都能认同，至于形象这个部分，很多人不禁要问，是否重要到有资格放在这么决定性的三个因素里面？这么外在浅显的特质居然真的能影响到一个人的成功？我们不妨回想一下很多公众人物，是不是越来越重视自己在媒体和大众面前呈现的形象。演艺圈那群时尚精自是不必说，哪怕是如马云、李彦宏、王石等商业大佬，也是极其重视自己的形象的，他们要么严谨规矩，要么个性凸显，举手投足间自成一品、不可替代。

最近，陈道明几张照片登上热搜，满头白发引发大量讨论。照片中的他，单从面容上看，确实老了，不仅有白发，还有愈发密的皱纹。不少人开始感叹岁月的无情，"陈道明真的老了" 64岁，谁能不老呢？但他老去的只是容貌。有人拍到他离场的样子，身体硬朗，背部挺直，站立的身姿一如年轻人，只看侧面，帅气依旧，魅力十足。看到这样的陈道明，忽然又觉得老了有什么可怕？六七十岁你依然可以英俊潇洒、风姿绰约，依然可以游山玩水。很多人明明年纪轻轻，却疏于对自己的形象进行管理，邋里邋遢、不修边幅。

　　我认为一个人对自己的外貌管理是塑造自己公众形象的一部分，提倡外貌管理并不是要鼓励孩子互相攀比、以貌取人，而是应该正视它在社会中的作用。"看脸的世界"的道理就在于此，就此，我的一位留洋归来的女性朋友说过一段让我十分共鸣的话："既然这是一个看脸的社会，而且全世界通用，那么我们为什么去强调外貌不重要？我觉得每个人都有改造自己的能力，也需要有改造自己的觉悟。99%的人是不丑的，我们需要正视自己的外貌，敢于追求美。很多时候，只要阳光、干净，其实就足够了。"她告诉我，在大多数的高校，金字塔顶端的基本上都是俊男美女，学校也鼓励学生独立培养管理外貌的能力。每隔一段时间，学校都会要求学生正装出席全校性的晚宴：学生们分坐成一桌桌，一边交流一边优雅地吃晚餐。在美国的高中，这类社交活动叫Vespers。Vespers的着装要求很严格，男生西装革履，女生则要穿正规的礼服，衣装不整洁、不正式则会被教导主任"赶"出晚宴。

在生活中我从来不否定自己是个外貌协会，可能源自从小对于美的向往和时尚的追求。中学时就开始看时尚杂志，从日系的 VIVI昕薇、港版的 milk到欧美派的 VOGUE、ELLE，曾经一度想当个时尚编辑。现在当然也还是很喜欢捣鼓穿衣搭配那些事，甚至有时候在街上看路人也会充满神经质地想："如果上衣换一个材质，鞋再换成半根的会大不同。"

有人会觉得，重视形象是不是就是要懂时尚，会穿搭；也有人会认为，时尚是一小部分人的狂欢，由一小撮人定义，潮流任他们摆弄。而其他人，只能是他们的追随者，他们说是什么时尚，人们就把什么穿在身上。所以我们总会看到一个很奇怪的现象：我们说不出什么是时尚，可身边却总是充斥着各种"时尚爆款"。比如最近一段时间，潮男的标配是"长袖短裤椰子鞋"，家里还得再有几双限量 AJ和 Supreme联名帽衫；而潮女，则是满屏的"泫雅风"花花。没有风格，没有个性，如果挡上脸不看，你甚至都看不出他们有什么区别。"时尚达人们"可能对"时尚"一词的理解有什么偏差，对于他们来说，没有什么真正时尚，只有爆款，而且买它，就对了。总之很多人认为的时尚就是明星穿的我要穿，大家穿的我也要穿，不管风格合不合适，仿佛不穿个明星同款，限量爆款，就脱离了时尚第一梯队，就没法正常社交。于是拼命地把所有爆款单品堆砌在自己身上，完全不考虑自己的个人风格是否可以驾驭得了这些；或者完全照搬明星同款，哪怕这个明星是曲线型、小量感的罗曼型风格，而自己是直线型、大量感的戏剧型风格。

时尚，其实就是找到适合自己的风格，比如颜色搭配、材质、款式。在选择颜色时，要考虑这个颜色是否适合你，而不是它是否流行，像今年 pantone公布的官方流行色珊瑚橘，绝大多数人穿上显得又黑又土。对于黄皮妹子最大的穿衣用色禁忌就是大面积的亮色，那些饱和度超高的大红色，柠檬黄，草绿，荧光色更是大忌。总的来说，只要避开那些耀眼的亮色系，选择沉稳的深色调和活泼的浅色调更适合黄皮的姑娘。含灰色调多的就属于低饱和度的颜色，这类颜色会更加好上手。有的女生是想尝试多点颜色的可能性，可以选择在整体上加上少许亮色，会让整体造型看起来更点睛。比如说一个

亮颜色的包包，配饰，或者是一抹红唇，都是提升这个装扮的加分点。邻近色互相搭配同类色深浅搭配，上、下装一个是杂色，另一个就选择纯色。除了追求款式、时髦度之外，衣服的材质也是直接影响整体质感的一个重要因素。

很多人在挑衣服的时候会选择纯棉材质，透气又柔软，但是，有些棉质的衣服太过轻薄，会显得软趴趴的质感不好，看上去就有种廉价感。就算是棉质，也建议大家选择稍微厚一点，立体感更强的面料。另外一个很容易穿土的材质就是网纱，有些网纱材质的裙子真的很仙很好看，少女心得到了大大的满足。但是这个材质太考验版型了，可以说我见过的大多数网纱单品都能列入"土"这个范畴，一不小心就跑偏了。相对来说，亚麻、西装面料适合大多数人，也不容易穿出廉价感，看上去质感满满。

时尚，就是时刻保持整齐得体。除了整齐干净，还有一个很重要的因素就是得体。所谓得体就是知道在什么场合需要配合怎样的形象。我们在家可以怎么舒服怎么来，慵懒的惬意的，但是一旦深处社会环境，还是需要甄别一下服装举止是否得体。举个例子，我对来公司面试能淡妆、OL的女性会非常留意，甚至说相对倾斜也不为过，这是一种尊重对方的处事风格和品质。之前章子怡在参加双宋婚礼时候穿了一件白色大衣，加上入场前的各种摆拍，与其他一线女星的低调和匆匆形成了鲜明的对比，故而引发了韩国网友们的不满，原因是网友认为："白色是新娘的专属""你不能穿得比新娘更好看""新娘是婚礼的主角,你是来宾,绿叶不能抢了红花的镜头"。时尚更是一种合时宜的穿着举止,这才是真正的内涵。

　　时尚的加持,是呈现良好的状态和体态。精神状态是一方面,有时候前一天熬夜,我们女生还可以通过化妆来提升气色;男生也可以通过在发型等等的方面花些小心思提升自己的外貌。另外一方面,良好的体态是对形象的加持。再精致的妆容、再华丽的服装,如果没有配上挺拔自信的体态,气质肯定会大打折扣。女明星中我就非常欣赏刘诗诗,也许她的容貌不是最出众的、身材不是最窈窕的,但她不管是出现在官方拍摄还是路人生图中,刘诗诗无时无刻不是保持着教科书式的体态,优雅迷人。哪怕是在巨星云集的盛宴中,也能凭借天鹅颈、迷人的锁骨、光洁的美背等等元素在一众大咖里面脱颖而出。迷人优雅的体态离不开刻意的训练和保持,我们普通人如果还想得到一定程度的改善唯一能做的就是在行走站立中不停的有意识的提醒自己,以及刻意练习。

世上有味之事，往往无用

也不知道是不是因为多年前的英语教师的经历，现在闲暇时间最爱的还是刷刷美剧、听听BBC，老公经常嘲笑我浪费时间，放着难得的休息不好好补补觉做做美容，偶尔也会催我去多上一点管理课程。直到今年年初，一家人出游到欧洲国家，临岛附近的酒店信号弱接收断断续续，翻译软件根本用不上，我居然也能凭着以前积攒下来的那点老本和平常消遣看美剧耳濡目染的口语顺利完成一次次的沟通。回程的路上，老公就哑摸给我听：你还别说，世间万物还真不能妄下定语，之前以为你看美剧就是图个消磨时间，没想到还能发挥大作用，真是妙啊！其实说真的，我看美剧单纯是因为喜欢美剧的编剧、演员出色的演技、精美的服道化，倒是真没特别用心和功利地想学语言，如果是这样我可以直接报个新东方更有效吧。但是恰恰在这样一个情境中，平常所谓的"消磨时光的无聊爱好"居然产生了切实作用，我想，这大概就是庄子说的"无用之用"吧。

"无用之用"——简单的只有四个汉字，但是却有深意。关于它，有一个故事：庄子与弟子走到一座山脚下，看见一株大树，枝繁叶茂，耸立在大溪旁。庄子问伐木者，这么高大的树木，怎么没人砍伐。伐木者似对此树不屑一顾，道："这何足为奇？此树是一种不中用的木材。

用来做舟船，则沉于水；用来做棺材，则很快腐烂；用来做器具，则容易毁坏；用来做门窗，则脂液不干；用来做柱子，则易受虫蚀，此乃不成材之木。不材之木也，无所可用，故能有如此之寿。"听了此话，庄子说："树不成材，方可免祸；人不成才，亦可保身也。人皆知有用之用，却不知无用之用也。"弟子恍然大悟，点头不已。

　　社会喧嚣，人心浮躁，快节奏的生活和巨大的物质压力经常让我们累的喘不过气，为了尽早实现各种"财务自由""车厘子自由"甚至是"外卖自由"，很多时候，我们会下意识地变得非常功利。做一件事先权衡能不能带来好处，解释一个人先考量能不能带来资源。每天忙着接收最新最有价值的资讯害怕落后，害怕领导说起来的时候不能侃侃而谈。

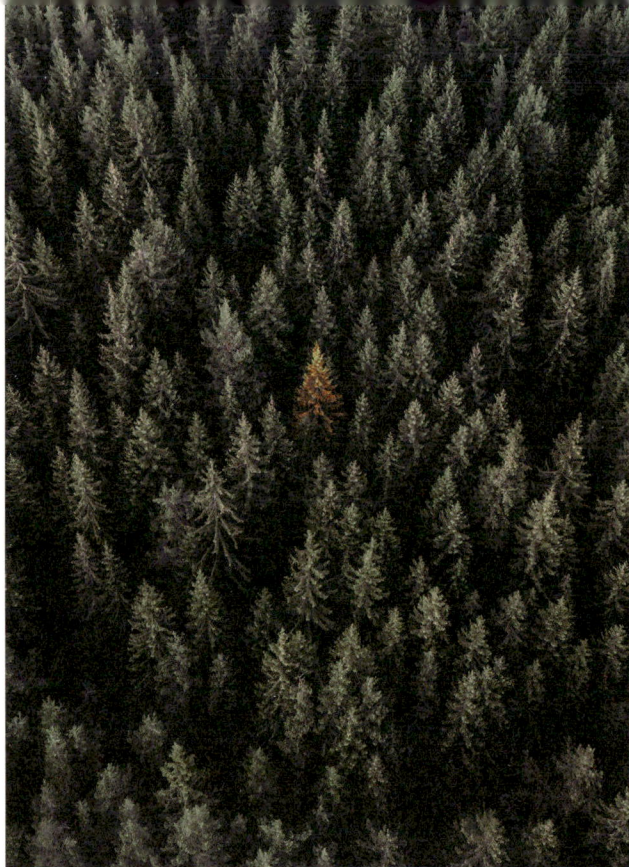

所以人们大多不了解无用之用，也无暇去做一些本就无用的事情，他们还在想着如何再变得有用，如何再度获得辉煌，说是梦想不如说是欲求更确切一些。

可是啊，这些为了赤裸裸的欲望去做的事情，是被生活和所谓成功裹挟的我们要求我们去做的，去不断地追赶欲望，去不停地实现成长，匆匆忙忙，周而复始，甚至不给我们喘息和思考的空间。人生的乐趣未免太少了，生命的厚度未免太薄了，人和人的路径未免太雷同了。不妨设想一下，每个人如果有一个无关升职加薪赚大钱的风花雪月的爱好，这个世界是不是变得更加有趣？王国维先生曾经说："世上有味之事，包括诗，酒，哲学，爱情，往往无用。吟无用之诗，醉无用之酒，读无用之书，钟无用之情，终于成一无用之人，却因此活得有滋有味。"读来就是这个理，偶尔放下功利心，做一些无用之事，你会发现你原本的工作生活非但没有耽误上升的通道，反而在另一维度收获了不同的质感与满足。

我有个友人，是个教新闻传播的大学老师，平常除了教书育人，最爱两件事：看球和读金庸。并且他说他接下来要把这两个优良传统延续给自己的儿子。有一次我问他：小朋友踢球看球瞎玩不浪费时间么？往后学习课程安排得紧，文化课都来不及了，还去看什么球读什么金庸，你就不怕到时候学习跟不上？友人笑一笑，说道：就是因为大家都把所有的焦点放在文化课上，我们的小孩子尤其是男孩子，你发现没有，很多心中是没有真正热爱和坚持的。他们不知道那种为自己热爱的和信仰的东西牵动全身的血性，也不知道"侠之大者，为国为民""怜我世人，忧患实多"的这种风骨，这些看似没用的东西，反而是生长在他性格深处的根系。往后哪怕文化课跟不上，咱们可以补补课，补不上说明孩子没啥学习天分，但是格局和信仰的植入，我觉得不可替代，并且一定是越小越好。除此以外，朋友还特别爱教孩子读诗背诗，参加本地的吟诵协会。我相信这个爸爸是一个有大智慧的爸爸，放眼望去，大多数家长都急于把孩子培养成考场上的佼佼者，很难得有人能真正做到，在无用的地方播种，让生命多一种生长的可能。蔡康永成为名嘴后，在博客里写下了这样一段话："我的成长，让我相信，人生最重要的东西，其实大都没有什么用：爱情，正义，自由，尊严，知识，文明，这些一再在灰暗时刻拯救我、安慰我的力量，对很多人来讲'没有用'，我却坚持相信，这些才都是人生的珍宝，才经得起反复的追求。"人生，并不是拿来用的。

知乎上也有类似的问题：问小时候背那么多诗有什么用？知友"mupeng"写下了这样一段话："慢慢地，我长大了。春天，看到盛开的桃花，就明白了什么是'桃之夭夭，灼灼其华'。夏天，跟爸妈去湖里玩，小舟在荷叶中穿过，便知道了什么是'接天莲叶无穷碧'，什么是'水光潋滟晴方好'。秋天，凉风乍起，梧叶飘黄，便知道了什么是'老树呈秋色'，什么是'苒苒物华休'。冬天，西风凛冽，天空阴沉，行人匆匆奔走，到了家，烤着炉子，外边洋洋洒洒地下起了雪。便知道了什么是'晚来天欲雪'，什么是'红泥小火炉'。约会时，知道了什么是'月上柳梢头'灯会时，知道了什么是'一夜鱼龙舞'。愁了时，就想起'伫倚危楼风细细'，乐了时，就想起'春风得意马蹄疾'。

幼时那些看似无用的阅读体验，可以提高个人修为，增强我们对于生命的感悟，从而更好地认知自己，并且不断地提升自己！它往往决定了我们一辈子的心胸和视野。

梁文道先生说："读一些无用的书，做一些无用的事，花一些无用的时间，都是为了在一切已知之外，保留一个超越自己的机会，人生中一些很了不起的变化，就是来自这种时刻。"下棋和钓鱼怡养人的性情，培养人的心志；听音乐可以增强空间感知，促进语言、阅读能力的发展；和情投意合的朋友谈心可以滤去心底的浮躁，让身心沉静下来，获得前行的力量支持；

走进教堂祈祷时获得一种神秘感和敬畏感，让我们庄重自己的生命……

周作人说："我们于日用必需的东西以外，必须还有一点无用的游戏与享乐，生活才觉得有意思。"有意思地活着这就是生活的旨趣所在了。有趣是最大的才情，是一个人最大的魅力。乔布斯即是典型代表，17岁那年，他从斯坦福大学辍学后，放弃了"有用"专业去听美术课，研究 san serif 和 serif 字体，怎样才能作出最棒的印刷式样。这在当时看来完全"无用"的举动，却在十年后发挥了不可估量的作用，他设计苹果电脑时做出了"最美的字体"。2005年，乔布斯在斯坦福大学演讲时说："要不是退了学，我决不会去选书法课，苹果电脑就不会有现在这样的漂亮版式。"爱因斯坦曾经用小提琴演奏来代替他的物理演讲，并认为这更容易理解。化学家霍夫曼常用绘画象征性地表达化学方程式。这些都告诉我们艺术就是逻辑，形象就是思想。无用促进有用。

世间许多"大用"，都是从那些看似无用的事体中衍生出来的，"无用"之中常常隐藏着有用的潜质，和有趣的滋味。倘若每一个生命多一个无用的触角，也许生命和生命之间能有更多新的连接。

后 记

搁笔之际，回望成书的种种，虽只区区十万余字，但凝练了我无数的心意，感慨良多。

用笔墨的香气，分享过去，是我多年来的心愿。对事业的阶段性小结，还有伴随着事业发展，萌发而又生长的诸多感悟。这些感悟，关于奋斗、关于梦想、关于尊重、关于自律、关于平衡，是我为人处事的原则，也是希望与你共享的私酿。它们收藏在春华、夏梦、秋梦、冬藏以及日夜篇的文字中，收藏在工作、研讨、居家、旅行以及拾趣的影像中，虽不尽美，却真诚。

以个人的书写，展望未来，则是对自己的期许。在逐渐成书的过程中，四十一篇文字，一百幅影像，每书写一次、记载一次，都是一次提醒，提醒我奋斗与梦想没有回头路，尊重与自律才获众人望，提醒我阴阳相守、日夜平衡，才是一个女人最性感的精致，才是我们应享受的人生。虽然关于未来，我与你也一样，并存着清晰与迷茫，共担着希望与担心，但我坚信，唯有不忘初心，方得始终。

这虽然是本个人的书写，但其中种种，离不开集体的努力。尤其是一路上陪我奋斗的合伙人和事业上一起成长的兄弟姐妹们，可以说是他们支撑我完成了这个愿望，他们也必然会在我的人生旅途中留下浓墨重彩的一笔。

成书不易，从确定主题、搭建框架，到反复修改、凝词炼句，再到集结书稿、编校印发，都倾注了大量的心血。由于这是我的第一本书稿，时代的巨轮也从不停歇，还有许多文字、感悟有待进一步精进、雕琢。

青春不散，年华不老，期待与你的再一次相遇。在书里，也在生命中。

后 记 —————————————— | 199

你努力的样子
真 的 很 美